KB069161

전설이
돌아왔다

2

초판 1쇄 인쇄일 2016년 5월 20일 | **초판 1쇄 발행일** 2016년 5월 24일

지은이 발칸레이븐 | **펴낸이** 곽중열 | **담당편집 팀장** 이범수
편집부 신연제 이윤아 홍현주

펴낸곳 (주) 조은세상 | 출판등록 제 2002-23호
주소 경기도 연천군 미산면 청정로 1355
TEL 편집부 02)587-2966 | FAX 02)587-2922
e-mail bukdu@comics21c.co.kr

©발칸레이븐 2016
ISBN 979-11-5832-551-0 | ISBN 979-11-5832-549-7(set) | 값 8,000원

※잘못 만들어진 책은 바꿔 드립니다.
※저자와의 협의에 의해 인지는 생략합니다.

발칸레이븐 현대 판타지 장편소설

NEO MODERN ... STORY & ADVENTURE

전설이 돌아왔다 2

북두

CONTENTS

NEO MODERN FANTASY STORY

전설이 돌아왔다

CONTENTS

NEO MODERN FANTASY STORY

전설이 돌아왔다

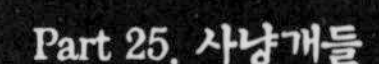

Part 25. 사냥개들

백동수는 양 주먹을 부딪혔다. 그러자 너클에서 다량의 전기장이 생성되었다가 사라졌다.

반면, 강혁준은 풀어놓았던 벨로시카를 들어올렸다. 그것을 본 백동수는 상대를 가늠하기 시작했다.

'대검을 쓰는군. 공격을 받아낸 다음에 카운터를 먹여주지.'

맷집만큼은 누구보다 자신 있는 그였다. 게다가 너클의 감전 능력은 적을 무력화시키기 안성맞춤이다. 백동수는 나름의 전략을 세운 것이다.

'단번에 베어버리면 재미없지.'

강혁준은 들고 있던 벨로시카를 땅에 박아버렸다.

"무슨 짓이지?"

의아한 행동에 백동수가 물었다. 대검을 땅에 꼽는 기수식이라니, 제법 잔뼈가 굵은 그였지만 듣도보도 못한 전투 방식이었다.

"맨손 싸움이 전문인거 같은데. 나도 같은 종목으로 하려고."

두두둑…….

강혁준의 두 주먹에서 살벌한 소리가 들렸다. 하지만 백동수에게는 명백한 도발로 받아들여졌다. 장기로 따지면 차포 떼고 싸우는 방식이다. 졸지에 두 단계 아래의 하수로 취급된 것이다.

"으득……. 오늘 이 싸움에 관여하는 자는 내 손에 죽는다."

자존심이 상한 백동수가 크게 소리쳤다. 그의 평소 성격을 아는 부하들은 모두 마른침을 꿀꺽 삼켰다.

'쯧쯧. 대장님의 자존심을 제대로 건드렸군.'

'10초라도 제대로 견딜 수 있을까?'

모두가 백동수의 승리를 점치고 있을 때, 둘의 격돌이 시작되었다.

먼저 출수 한 쪽은 백동수였다. 카운터를 노리겠다는 전략은 이미 던져버렸다. 자신의 체술과 압도적인 신체 스펙으로 상대를 때려눕힐 기색이었다.

부우웅!

일직선의 정권이 강혁준의 얼굴을 노린다.

타악!

여지없이 적중할 것이라 여겼다. 하지만 혁준은 그저 손등으로 가볍게 흘려버렸다. 상대방의 공격을 쳐내는 패링이라는 기술이다.

"헛……."

있는 힘껏 지른 공격이다. 고작 작은 손동작 하나로 그것이 무마될 것이라고는 전혀 예상치 못했다.

그리고 그것은 무지막지한 반격의 시초가 되었다.

퍼억!

강혁준의 철권이 그의 복부를 찌른다.

"크……."

무시무시한 격통이 그를 찌른다. 하지만 그것은 시작이었다.

퍼버버벅!

소나기 같은 연타가 그의 복부를 두들긴다. 마치 북어를 패듯 인정사정없는 공격이 펼쳐졌다.

"크어어억……."

혁준의 주먹이 물리저항을 뚫고 갈비뼈를 부러뜨렸다. 연타를 맞은 백동수의 고개가 저절로 숙여진다.

덕분에 강혁준은 양 손으로 그의 뒤통수를 쉽게 잡을 수 있었다.

"으응?"

정신이 혼미한 와중에 백동수는 그의 손을 떨쳐내려고 했다. 하지만 그러기에는 이미 늦은 감이 있었다.

뿌각!

뒷목을 잡고 앞으로 당긴다. 동시에 니킥으로 그의 안면을 찍어버린다. 단순히 코뼈가 부러지는 것으로 끝나지 않았다. 안면 자체가 함몰되는 부상을 겪은 것이다.

"크헉!"

피를 뿌리며 뒤로 넘어가는 백동수.

그리고 그 너머로 경악하는 사냥개들이 보인다. 불패의 백동수가 이렇게 쥐어터지는 모습을 그들은 본적이 없었다.

그는 쓰러진 백동수를 추가 공격하지 않았다.

-패시브가 발동합니다.

고유 특성이 상처를 수복하기 시작했다. 부서진 뼈는 제자리로 돌아가고, 찢어진 상처는 본래의 모습이 되었다.

"이모탈이군."

반면에 강혁준은 전혀 놀라지 않았다. 전생에서도 이모탈 특성을 가진 적들과 싸워보았기 때문이다. 반면에 백동수는 낭패감을 감출 수가 없었다.

"어떻게?"

백동수의 직업은 무술가였다. 그가 딴 단증을 합치면 총합 15단이 넘는다. 태권도, 가라데, 유도까지…….

그가 맨손 전투를 고수하는 것에는 이유가 있었던 것이다.

반면에 강혁준은 새파란 젊은이였다. 꼬꼬마때부터 무술을 연마했다고 하더라도 방금 선보인 전투 센스는 이해하기 힘들다.

"이번에는 내가 들어가지."

백동수의 궁금증을 해소시켜줄 생각은 없었다. 그의 왼다리가 순식간에 머리 위까지 올라간다.

'하이킥?'

백동수는 무의식적으로 상반신을 가드했다. 하지만 그의 예상은 빗나간 것이다.

씨익.

그 순간, 백동수는 그의 미소를 엿볼 수 있었다.

빠각!

하이킥이 순식간에 로우킥으로 변모한 것이다.

"흡……."

종아리 부위에서 어마무시한 고통이 느껴진다. 하지만 반대로 백동수에게도 기회가 찾아왔다. 상대는 큰 기술을 쓰느라 자세가 무너진 상태다. 이럴 때에 힘으로 상대를 밀어붙인다면 손쉽게 테이크다운 시킬 수 있다.

터억!

몸을 숙이고 어깨부터 밀어 넣는다. 백동수의 기술이 어렵지 않게 먹혀든 것이다. 이대로 밀어붙여서 땅바닥에 내려꽂으면 그의 승리나 다름없다.

'그런데 왜 웃고 있었지?'

기술이 먹혀드는 그 순간에도 의아한 감정이 들었다. 하지만 그 이유는 곧 밝혀졌다.

지지직…….

뒤로 넘어가지 않았다. 바닥이 끌리긴 했지만 강혁준은 절묘한 벨런스로 밀어붙이는 힘을 이겨낸 것이다. 그에 더해 너클이 뿜어내는 전격은 강혁준의 마법 내성을 뚫지도 못 했다.

'말도 안 돼!'

턴은 혁준에게 넘어갔다. 그의 오른팔이 백동수의 목을 감싼다. 언뜻 보기에는 헤드락으로 보이지만 실상 그가 하려는 것은 살인 기술이었다.

길로틴 초크.

체중과 힘을 이용해서 상대의 목 관절을 파괴하는 기술이다

두두둑!

끔찍한 파열음과 함께 그의 몸이 축 늘어진다.

털썩!

대게는 목이 부러지고 살 수 있는 사람은 없다. 하지만 이모탈 특성은 그를 죽음에서 다시 되살아나게 해주었다.

"쿨럭……."

고통에 찬 기침이 연신 튀어나온다. 저승사자랑 하이파이브를 하고 온 탓일까? 그의 얼굴은 귀신처럼 창백했다.

강혁준은 처음부터 '아드레날린 러쉬'를 발동하지도 않았다. 그럼에도 그가 백동수를 어린 아이처럼 가지고 놀 수 있었던 것에는 이유가 있었다.

-전투 지능(A등급)(패시브) : 전투에 있어서 천부적인 센스를 가지고 있습니다. 그 이유에 대해서는 알 수가 없습니다.

회귀 전, 강혁준은 수백 번 사선을 넘나들며 전투를 이겨왔다. 그렇게 쌓인 경험치는 애시당초 백동수 따위가 견줄 수 있는 것이 아니었던 셈이다.

"자아……. 다음 라운드 시작해야지?"

강혁준은 천진난만한 웃음으로 말한다. 그저 바라보는 것만으로 백동수는 온 몸이 떨리는 전율을 맛보았다.

'처음부터 잘못되었어.'

시간을 되돌려 과거로 돌아갈 수 있다면 무슨 수를 써서라도 자신을 말렸을 것이다. 하룻강아지는 강혁준이 아니라 바로 자신이었기 때문이다.

"잠깐……."

그는 말을 마저 끝내지도 못했다. 이미 그의 턱을 치고 지나가는 주먹 때문이었다.

"쿠엑……."

다시 이어지는 매타작.

비 오는 날에 먼지 나도록 두드려 맞는다. 이제는 반항할 의지도 잃어버렸다.

퍽! 퍼억! 퍼버벅!

뼈가 뿌러지고 살이 찢어진다. 걸쭉한 피가 바닥을 어지럽게 수 놓는다. 그렇지만 강혁준은 자비를 몰랐다.

죽지는 않는다.

허나 죽을 만큼 아프다. 강혁준은 이모탈 특성을 잘 이해하고 있었다. 부서진 몸을 재생시키지만 그렇다고 통증이 사라지는 것은 아니다.

강혁준에게 있어서 그는 손맛이 좋은 샌드백에 불과했다.

'더 이상 버틸 수가 없다.'

그까짓 자존심이 중요한 것이 아니다. 백동수는 자신의 부하들에게 소리쳤다.

"크윽……. 도… 도와다오!"

피투성이가 된 백동수가 외쳤다. 얼 빠진 모습을 보이던 사냥개는 뒤늦게 행동에 나섰다.

사냥개 하나가 활을 들어올렸다. 그의 고유 특성은 가이디드 미사일(guided Missile). 상대를 지정하면 설사 빗나가더라도 끝까지 추적하는 기술이다. 다만 총알을 휘게 만들려면 그보다 훨씬 높은 등급이 필요하다.

퉁! 퉁!

두 발의 화살이 빠르게 강혁준에게 날아간다.

쇄액!

마치 생명체처럼 갑자기 선회를 하면서 급소를 노린다.

팅! 티딩!

화살은 몸을 뚫지도 못한다. 강혁준의 물리 저항은 18점이나 된다. 어쭙잖은 공격은 씨알도 안 먹히는 것이다.

"자기 입으로 방해는 용서하지 못한다면서? 부끄럽지도 않냐?"

대결 이전, 그는 그 어떤 방해도 용서하지 않겠다고 소리쳤다. 하지만 그것을 깬 것은 다름 아닌 백동수 자신이었다.

혁준은 그 점을 비꼬았지만, 백동수는 그 따위 체면 차릴 처지가 아니었다. 강혁준의 잔인한 손속에 그의 의지가 완전히 꺾였기 때문이다.

투다다다!

부대원들 중 화기를 가진 이들은 곧바로 사격을 가한다. 개박살이 난 자신의 대장을 구하기 위해서. 하지만 오히려 그것은 이적행위가 되고 말았다.

파바바박!

수많은 총탄이 몸에 박혀든다. 다만 그 대상은 백동수였다. 강혁준이 그를 들어 올려서 바디벙커로 써먹은 것이다.

"사격 중지!"

깜짝 놀란 부대원들이 총기를 거둔다. 하지만 이미 수십 발이 발사되고 난 후였다.

"으윽……."

총탄은 물리저항을 뚫지는 못했다. 하지만 사냥개들로 하여금 주춤하게 만들었다. 강혁준은 피떡이 된 그를 바닥에 던져버렸다.

추롸라라락!

동시에 촉수가 뿜어져 나온다. 그것은 강혁준의 무기인 벨로시카를 회수했다.

"대형을 갖추어라."

사냥개들은 진형을 갖추기 시작했다. 이미 마음속으로 상대를 경시하는 태도는 버렸다. 사냥개들의 대장을 그저 주먹으로 쓰러뜨린 자다.

'위험해.'

'살아서 돌아갈 수 있을까?'

각자의 생각이 복잡해진다. 하지만 일단 부딪히는 수밖에 없다. 이제 와서 화해하기에는 그 골이 너무 깊다.

"1열 전진!"

포메이션 D.

강력한 데몬을 상대할 때, 사용하는 포지션이다. 탱커가 앞장 서서 굳건히 버틴다. 그 사이 딜러들은 후미에서 가열차게 공격을 하는 것이다.

탱커가 상처를 입으면 2열에 있던 예비 탱커가 그 자리를 대신한다. 그 사이 치유능력을 가진 각성자가 탱커를 회복시킨다.

'이거라면 버틸 수 있을지도.'

이긴다는 생각은 애초에 버렸다. 하지만 이렇게 하면 전투를 길게 이어나갈 수 있었다. 굳건히 버티면서 상대의 체력 고갈을 노리는 것이다. 그를 물러나게 할 수만 있다면 작전 성공인 셈이다.

"쿵!"

4명의 탱커가 앞을 가로막는다. 정수로 강화된 커다란 방패를 바닥에 내려찍는다. 2m크기의 방패는 그것만으로 커다란 장애물이 되었다.

'누구를 바보로 아나?'

그저 본능에 충실한 데몬이라면 사냥개의 포메이션이 먹혀들지도 모른다. 육체는 강하지만 머리가 모자란 그들은 곧바로 탱커와 드잡이질을 할 것이기에.

추롸라락!

아크라의 촉수가 발사된다. 그것은 근처 건물지붕에 박혀든다. 신축성이 뛰어난 촉수는 가볍게 그의 몸을 들어올렸다.

"어라?"

방패를 들고 있던 탱커는 그저 멀뚱거리며 하늘 위를 바라보았다. 강혁준은 그를 가볍게 무시하고 날아오른 것이다.

아크라의 촉수는 그로 하여금 입체기동을 가능하게 만들었다. 단번에 20m 거리를 날아간 그의 종착지는 사냥개의 딜러 라인이었다.

"젠장!"

급한 대로 각자 화력을 쏟아붓는다. 총탄과 속성 공격이 강혁준에게 날아든다.

'아드레날린 러쉬!'

그제서야 그의 고유 특성이 발휘된다. 일반인이 느끼는 시간보다 곱절로 느려진다.

파가가각!

대부분의 공격은 빗나갔으며, 적중한 것들도 벨로시키에 막혀버린다.

중세 시대의 투석기가 발사한 것처럼 강혁준은 그 자체로 인간 포탄이 되었다. 먼 거리를 날아온 그는 드롭킥으로 각성자 하나를 날려버렸다. 물론 방어 특성이 없는 그가 그것을 버틸 리가 없다.

뻐억!

튕겨나간 각성자는 맞은편의 벽에 부딪힌다. 수십 톤 트럭에 부딪힌 것처럼 모습이 처참하다. 관절은 뒤틀렸고 내장은 묵사발이 나버린 것이다.

"허억!"

마치 만화와 같은 모습에 모두 기겁을 한다. 그렇지만 강혁준에게 있어서 방금은 에피타이저에 불과했다.

푸화아악!

강혁준은 폭풍처럼 후미열을 공략했다. 그가 한걸음 움직일 때마다 잘려나간 사지가 사방에 떠다녔다.

"이건 말도 안 돼!"

탱커 중 하나가 소리쳤다. 앗 하는 순간에 팀의 절반이 희생당한 것이다. 그들은 뒤늦게 강혁준을 향해 달려갔지만 오히려 시체를 더 늘릴 뿐이다.

"으억!"

대검 형태의 벨로시카가 방패를 두들긴다. 탱커는 어깨가 빠져나갈 것 같은 고통을 느꼈다. 자세가 흐트러지는 그 틈으로 검이 삐죽하고 들어온다.

"크어억!"

강혁준 앞에서 물리저항을 무의미했다. 높은 근력 수치로 살갗을 꿰뚫어버린 것이다.

푸우욱!

탱커의 몸이 두둥실 떠오른다. 그에 더해 벨로시카는 몸을 뚫고 삐죽 튀어나온다.

"쿨럭!"

기침과 동시에 피가 왈칵 쏟아진다.

Part 26. 정의

'틀렸어.'

사냥개의 생각은 동일했다. 더 이상 그를 대적한다는 것은 불가능했다. 차라리 뿔뿔이 흩어지는 것이 생존확률을 높일 수 있었다.

'우리들로는 역부족이다. 군… 군단 자체가 나서야 할 일이야.'

'피각수님에게 알려야 해!'

더불어 자신의 도주 행각을 정당화시켰다. 그렇게 눈치 빠른 자는 전장을 이탈하기 시작했다.

'벌써 도망쳐?'

각성자의 몸에서 나오는 정수는 희귀하다. 극악한 확률

이지만 고유 특성을 습득할 수 있기 때문이다. 다만 사방으로 도망가는 사냥개들을 잡는 것이 쉬운 일은 아니다.

허나 강혁준에게는 뛰어난 추적자가 있었다.

-드라군. 놈들을 추적해!

"캬아아아악!"

도주를 하던 사냥개들은 심장이 덜컥 내려앉는다. 멀지 않은 곳에서 모골이 송연하게 만드는 포효가 들려온 것이다.

펄럭! 펄럭!

"신이시여!"

털썩…….

도주하던 사냥개는 그 자리에 주저앉는다. 입맛을 적시는 드라군이 그를 지그시 내려다보고 있었기 때문이다.

⚜

사냥개들이 모조리 전멸하는 데는 그리 오랜 시간이 걸리지 않았다. 강혁준의 충실한 애완 데몬이 뿔뿔이 흩어지는 패잔병을 깔끔하게 낚아채왔기 때문이다.

물론 그 과정에서 각성자들 대부분 육체에 심각한 손상을 일으켰지만 말이다.

털썩!

드라군이 마지막 사냥개를 물고 날아온다. 착지 후, 시체가 햄버거처럼 쌓인 곳에 툭 던져진다.

"꾸웅……."

아련하게 쳐다보는 것이 귀엽긴 하다. 혁준은 드라군의 머리를 쓰다듬어 주었다.

"언제까지 누워있을 거야?"

쥐 죽은 듯이 쓰러져 있던 백동수가 움찔한다. 인사불성 상태에서 회복되긴 했지만, 수라와 같은 강혁준이 지근거리에 있었다. 차라리 죽은 척하면 혹시라도 살 수 있지 않을까? 라는 희망을 가지고 있었던 것이다.

"……."

백동수는 슬그머니 자리에서 일어났다. 그리고 시체가 되어버린 자신의 부하들을 바라보았다. 단 한 명에 의해서 사냥개가 사라질 것이라고 누가 예상했을까?

"이유가 뭐지?"

희망을 잃은 눈빛으로 말한다. 이제 와서 혁준이 자신을 살려줄 리가 없다. 하지만 강혁준이 스트롱홀드와 대적하는 이유를 알고 싶었다.

"그게 중요한가?"

"……."

"너희들이 백해무익한 해충이기 때문이지. 차라리 지구상에서 사라져주는 것이 모두에게 이득이야."

스트롱홀드가 끼친 패악을 나열하자면 끝도 없다. 무엇보다 악마를 대적하기 위한 인류의 통합에 큰 걸림돌이다.

회귀 전, 피각수는 죽는 그날까지 인류 동맹에게 고춧가루를 뿌렸다. 하는 수 없이 강혁준 본인이 그를 손수 때려죽였지만, 그 일을 계기로 군주들은 강혁준을 두려워하기 시작했다.

'데빌이 사라지면 우리 차례가 될 것이다.'

군주들 간에 그런 불안감이 점점 커졌고, 결국 배신으로 그의 염원은 실패하고 말았다.

"그 정도면 충분한 이유가 되겠지? 이제 지옥에 갈 시간이야."

"자… 잠깐!"

백동수는 손을 들어서 외쳤다. 하지만 그것은 무의미한 손짓에 불과했다.

푸확!

벨로시카가 그의 목을 친 것이다. 물리 저항이 발동했지만 잠시였다.

'어… 어라?'

세상이 회전하고 있었다. 어지러운 느낌보다 죽음의 공포가 훨씬 크다.

비명을 질렀지만, 그 어떤 소리도 나지 않았다. 공기를 내보낼 폐가 더 이상 존재하지 않았기 때문이다.

뎅구르르르…….

수 초가 지나자 그의 눈은 생기를 잃어버린다. 이모탈을 죽이는 법은 생각보다 간단하다. 심장을 파괴하거나 단번에 목을 쳐버리면 되는 것이다.

이로서 사냥개는 완벽하게 정리되고 말았다. 이것은 스트롱홀드에게도 큰 타격이었다. 피각수는 제일 유능한 부하를 단 하루 만에 잃어버리고 말았다.

그 이후.

강혁준은 사냥개들의 정수를 모두 수집했다. 총 20개의 정수들이었다. 그는 곧바로 정수를 모두 흡수했다.

–체력 3점, 근력 3점, 인지력 1점, 마력 1점, 물리내성 5점, 마법 내성 1점이 올라갑니다.

–정수에서 새로운 고유 특성 '가이디드 미사일' 을 습득합니다.

[강혁준]

총합 : B등급

능력치

근력: 40

체력: 44

인지력: 68

민첩성: 51

마력: 19

물리 내성: 23

마법 내성: 16

새로 습득한 고유 특성

–가이디드 미사일(D등급)(액티브)(마력소모:1): 상대를 지정할 경우, 표적이 활성화됩니다. 표적에게 투사체를 발사할 경우, 유도 기능을 가지게 됩니다. 각성자 등급이 높아질수록 더 강한 무기에도 적용이 됩니다.

이왕이면 이모탈 특성을 흡수하면 제일 좋다. 하지만 그럴 확률은 매우 희박했다. 고유 특성 등급이 높아질수록 습득할 확률은 기하급수적으로 떨어지기 때문이다.

그나마 가이디드 미사일을 습득한 것만으로도 크게 성공한 것이다. 그 외에도 능력치가 제법 올랐다.

'살이 피둥피둥 찐 돼지를 잡는 기분이네.'

사냥개 대부분은 광산에서 나오는 무색 정수를 흡수하면서 강해졌다. 그것은 빠른 성장을 보장했지만, 반면에 전투 경험이 부족하다는 점을 부각시켰다.

데몬 사냥을 통해 부족한 실전을 보충하려고 했지만, 상대가 강혁준이 되면서 다 무의미해지고 말았던 것이다.

'자 그럼 다음 단계로 가볼까?'

⚜

회귀 전, 그는 전설이라고 불렸다. 그만큼 독보적인 존재였으며 포기를 모르는 의지를 가지고 있었다.

다만 강혁준은 너무 완고했다. 그리고 완고함은 반발을 불러 일으켰다. 강혁준은 인류의 부흥을 위해서 인생을 바쳤지만, 그 뜻을 이해해줄 사람을 얼마 없었던 것이다.

역발산기개세(力拔山氣蓋世)

힘으로 산을 뽑고 기운은 세상을 뒤엎을만하다는 점에서 그는 항우와 같은 남자였다. 천부적인 능력을 가지고 패배를 모르는 사나이였지만, 전쟁은 혼자서 하는 것이 아니었다.

어비스에서 몰려드는 악마는 그 수가 무한정에 가깝다. 그리고 강혁준 혼자서 그 많은 악마를 감당한다는 자체가 어불성설이다.

결국 전쟁에서 승리하기 위해서 인류를 하나의 구심점으로 합쳐져야 했다. 하지만 전생에서의 인류는 분열되어 있었고, 결국 배신으로 그의 염원은 일그러지고 말았다.

허나 사람은 실패에서 새로운 것을 배운다. 그 점은 강혁준 역시 마찬가지였다.

사실상 스트롱홀드를 무너뜨리는 방법은 간단하다.

피각수를 살해하고 그의 군단을 와해시키면 된다. 그리고 강혁준에게 있어서 그건 어려운 일도 아니었다. 하지만 그렇게 해버리면 피할 수 없는 문제점이 생긴다.

피각수라는 잡초를 제거해봤자, 시간이 지나면 다른 잡초가 자라기 때문이다. 호랑이가 없어진 산에 승냥이가 득세하는 꼴이다.

그렇다면 어떻게 해야 하는가?

강혁준은 그 답을 알고 있었다.

이 땅에 정의라는 훌륭한 구심점을 세우는 것이다.

다수의 가치에 맞게 정의되며, 누구나 알고 있으며, 모두가 원하는 것을 기치로 삼으면 된다.

물론 그것이 쉬운 일은 아니다. 때때로 반대에 부딪힐 수 있으며, 사악한 자들에게 그 가치가 부정당할 수도 있다.

'어렵지만 꼭 해야 한다.'

분명 그것이 쉬운 일이 아니다. 그 과정이 난해하고 어리석어 보일지도 모른다. 하지만 강혁준은 그 길을 걸어가고자 마음을 먹었다.

자고로 공든 탑은 쉽게 무너지지 않는 법이기에.

⚜

발 없는 말이 천리 간다.

더 이상 휴대폰이나 TV가 없는 세상이지만, 사냥개의 전멸 소식은 순식간에 퍼져나갔다.

'그거 들었어? 하루만에 사냥개들이 전멸했다더구만.'

'더 놀라운 것은 그것을 해낸 사람이 한 명의 각성자라고 하더라고.'

'그것이 정말인가?'

소문은 빠르게 퍼졌다. 하지만 그것과 별개로 그 내용은 쉽게 변질되었다. 소문이 무성한 그가 키가 3m는 되는 괴물이라느니, 번개와 폭풍을 몰고 오는 초인이라느니. 확인되지 않은 정보가 사실처럼 받아들여졌다.

다만 확실한 점은 많은 비각성자들이 그를 반겼다는 점이다. 스트롱홀드의 지배 아래, 인간 이하의 삶을 살고 있던 차였다.

새로 나타난 그가 스트롱홀드를 물리치고 이 땅에 평화를 가져올 거라는 희망을 품는 자들이 늘어났다.

그래서일까?

어느 순간부터 사람들은 그를 가리켜 피스메이커라고 불렀다.

⚜

판데모니엄 이후, 지하철은 더 이상 작동하지 않았다. 그렇지만 그곳이 완전히 버려진 것은 아니다. 어떤 이유로 떳떳하게 지상을 돌아다닐 수 없는 이들에겐 훌륭한 피난처가 되어주었기 때문이다.

대부분의 각성자들은 스트롱홀드에 흡수되었다. 하지만 몇몇 이들은 끝까지 그들에게 저항을 했는데 다만 그것은 계란을 바위에 치는 격이었다.

한 차례 탄압은 있었지만, 그렇기에 그들은 하나의 세력으로 규합이 되었다.

경찰관, 소방관, 사회복지사, 교사 등등…….

대부분이 사회의 공공복리를 위해 힘쓰던 자들이었다. 언젠가 스트롱홀드를 물리치고 이 땅에 참된 정의를 다시 세우기 위해 모여든 이들이었다.

그들은 자신을 가리켜 가디언이라고 칭했다.

"선생님! 그 소문 들으셨나요?"

지하 깊숙이 마련된 은닉처.

그런데 갑자기 문이 열리면서 한 명의 소년이 들어왔다. 작은 초롱불에 의지하며 책을 읽던 40세의 남자가 말했다.

"뭔가 이야기 하고 싶은 것이 있는 모양이구나."

"넵. 피스메이커가 이번에도 광산 하나를 박살내었다고 하더군요. 정말 대단하지 않습니까?"

그는 신이 난 표정으로 말했다. 마치 새롭게 나타난 영웅에 환호하는 모습이었다. 반면에 선생이라고 불린 사내는 쓴 웃음을 지었다.

'그가 정말로 영웅이라면 좋겠지만…….'

슈퍼맨 같은 초인이 나타나 약자를 구해준다? 언뜻 보기에는 참으로 낭만적인 이야기이다. 하지만 현실은 대체로 그렇지 않다는 점이 문제다.

피스메이커는 별명처럼 평화를 가져올지, 아니면 더 큰 혼란을 가져올지 아무도 몰랐기 때문이다.

탁!

40대 남성은 읽던 책을 덮었다. 피스메이커는 어쨌든 커다란 변수였다. 그의 진면목을 알 수 없지만, 덕분에 가디언에게 새로운 기회가 찾아온 것은 사실이었다.

"사람들을 부르렴."

"드디어 움직일 생각이시군요?"

소년은 반색을 하면서 소리쳤다. 40대 남성은 그저 조용히 웃을 뿐이다.

40대 남성의 이름은 이종혁.

원래는 고등학교 선생이었지만 판데모니엄 이후, 가디언을 조직하고 이끄는 리더가 되었다. 스트롱홀드에 의해 희생당하는 자신의 학생을 구하기 위해 분연히 일어난 것이다.

그 이후, 많은 이들이 이종혁의 뜻에 동참했다. 아직 세력이 미천하다시피 했지만, 그 뜻만은 누구보다 고결한 이들의 모임이었다. 그리고 웅크리고 있던 가디언이 잠에서 깨어날 시간이었다.

⚜

쾅!

피각수는 끓어오르는 화를 참기가 어려웠다. 연이어 들리는 소식에 그는 참지 못하고 주먹으로 탁자를 내려쳤다. 힘을 이기지 못한 그것은 반으로 쪼개져버렸다. 무척 두꺼운 자단목인데도 불구하고 말이다.

"그 쥐새끼 같은 놈들이! 식량창고를 털어갔다고?"

"네… 넵. 그렇습니다. 창고를 지키던 애들은 모두 사망했습니다."

으드득…….

그는 이를 갈았다. 하지만 달아오른 그의 뒷골은 식을 줄 모른다.

'일이 어렵게 되고 있어.'

악재가 마구 겹치고 있었다. 사냥개가 전멸한 것은 시작에 불과했다. 피스메이커라고 불리는 녀석은 외각에서 천천히 자신의 지역을 갉아먹고 있었다.

그것으로 끝나면 모를 일이다. 그것에 호응하듯 지하에서 잠자코 있던 가디언이 들고 일어났다. 그들은 의적이라도 되는 듯이 식량을 털어서 약자들에게 나눠주고 있었다.

"애들 반응은 어떠냐?"

"그것이……."

부하는 말을 줄였다. 여기서 잘못 말하면 그는 죽는다. 그의 선임도 있는 그대로 말했다가 비틀어진 시체가 되지 않았던가?

Part 27. 나를 보셨어

"어서 말해!"

"약간의 두려움을 가지고 있습니다. 아주 약간요."

사실 그것은 틀린 말이었다. 피스메이커에게 당한 자들이 모두 죽은 것은 아니다. 하지만 살아남은 자는 극심한 트라우마에 시달리고 있었다. 덕분에 두려움은 전염병처럼 번지고 있었다.

'젠장. 이놈도 저놈도 거짓말하고 있군.'

이대로 계속 두는 것은 좋지 않다. 무언가 수단을 취해야 한다.

"퀘이크(Quake:[공포, 긴장감으로]몸을 떨다)를 준비해라!"

"넵!"

부하는 허둥지둥 밖으로 나갔다. 죽다 살아난 표정을 하면서…….

둥! 둥! 둥!

거친 북소리가 연신 울린다.

이윽고 거대한 마차가 선을 보인다. 피각수가 애용하는 탈것으로 그것의 이름은 '퀘이크' 였다.

손수 만들어진 그것은 한 마디로 괴이했다. 인간의 유골과 데몬의 뼈다귀로 외양을 치장했으며 퀘이크를 이끄는 것은 수십 명의 비각성자들이었다. 그들은 헐벗은 모습으로 각자 밧줄을 어깨에 메고 있었다.

둥! 둥! 둥!

거친 북소리가 연신 울린다.

이윽고 거대한 마차가 선을 보인다. 피각수가 애용하는 탈것으로 그것의 이름은 '퀘이크' 였다.

손수 만들어진 그것은 한 마디로 괴이했다. 인간의 유골과 데몬의 뼈다귀로 외양을 치장했으며 퀘이크를 이끄는 것은 수십 명의 비각성자들이었다. 그들은 헐벗은 모습으로 각자 밧줄을 어깨에 메고 있었다.

둥! 둥! 둥!

마차 중앙에는 하얗게 분장한 괴인이 연속으로 북을 두드린다. 그것에 맞추어 비각성자들은 힘들게 한 발자국씩

나아갔다.

"와아아아……."

스트롱홀드의 일원은 함성을 질렀다. 마차 꼭대기에 그들의 지배자 피각수의 모습이 보였기 때문이다.

"피각수! 피각수!"

많은 이들이 그의 이름을 연호한다. 절대 권력을 가진 그를 보는 것만으로 일체감을 느끼는 것이다.

오만하게 내려다보는 눈빛.

정수의 도움으로 강력하게 재탄생된 육체.

특유의 카리스마로 좌중을 압도하는 존재감.

그야말로 세기말 패자다운 모습이다. 하지만 피각수는 이대로 끝낼 생각이 없었다.

–신격화(A등급)(액티브)(소모마력:10):거대한 아우라로 사람을 지배합니다. 카리스마 수치가 높을수록 효과가 더 늘어납니다. 의지가 강한 자일수록 저항할 확률이 높아집니다.

고유 특성이 발휘되었다. 그의 등 뒤로 휘광이 비취는 착시가 동시다발적으로 일어났다.

"피각수! 피각수!"

특히 스트롱홀드의 똘마니들은 더 큰 목소리로 외쳤다. 피각수는 힐끗 옆을 쳐다보았다. 우연히 눈에 마주친 똘마니는 격양에 찬 목소리로 말했다.

"날 보셨어. 피각수님이 날 쳐다보셨어!"

옆에 있던 그의 동료가 부정했다.

"아니야. 옆에 있던 가로수를 지켜 본거야."

"고개를 돌려서 내 눈을 똑바로 보셨다고."

"지평선을 보신 거야."

"아니야. 날 선택하셨어. 나를 천국으로 인도할 거라고!"

그는 그렇게 말하며 두 손을 위로 뻗쳤다. 그리고 목이 터져라 그의 이름을 연호했다.

"피각수!"

⚜

캬오오오!

드라군이 울부짖는다. 그에 겁먹은 스트롱홀드 무리가 무기까지 버리고 줄행랑을 쳤다. 데몬을 마치 수족처럼 부리는 자, 피스메이커의 등장이었다.

스트롱홀드의 전진 기지가 깨끗하게 비워지는데 걸린 시간은 30분에 불과했다.

'전력을 보존하고 있어.'

기지를 지키려는 시도조차 하지 않는다. 예전이라면 그나마 저항이라도 했을 것이다. 분명 피각수가 의도한 결과이리라.

'크게 한 방 붙을 생각이로군.'

피각수가 거느리고 있는 각성자의 숫자는 대략 4000명이 넘어간다. 하지만 그 동안 강혁준이 때려잡은 숫자는 고작 300명에 불과하다.

이대로 있다가는 4000명에 가까운 스트롱홀드랑 전면전을 펼쳐야 할지도 모른다.

'사람이 할 짓이 못 되지.'

회귀 전, SSS등급을 달성했을 때.

5일 밤낮으로 데빌과 싸운 적이 있었다. 오르그란 이름을 가진 그들의 무기는 단 하나, 인해전술이었다.

개개인의 개체는 그리 강하지 않았다. 하지만 죽여도 죽여도 계속 쏟아져 나오는 그들로 인해 강혁준은 탈진 직전까지 간 경험이 있다.

전략이나 전술에 무지한 오르그들이었기에 승리할 수 있었지만, 그때를 생각하면 자다가도 벌떡 일어날 지경이었다.

지금도 마찬가지다.

스트롱홀드는 기회를 노리고 있었다. 그들이 유리한 점이라곤 압도적 수적 우위 하나 뿐.

'근데 수가 너무 뻔하군.'

전력을 보존하고 상대를 끌어들인다. 도망치는 척 하면서 함정을 파고 있는 모습이 눈에 선하다. 때가 되면 일시에 포위하고 섬멸을 꾀할 것이다.

다만 피각수가 간과한 것이 있다. 바로 강혁준의 프로필이다.

언뜻 보면 강혁준은 일신의 무력만 믿고 날뛰는 천방지축으로 보인다. 하지만 그는 데빌에 맞서서 연전연승 했던 유능한 지략가이기도 했다.

'굳이 상대가 원하는 대로 움직여줄 필요는 없지.'

강혁준은 드라군을 불러들였다. 긴 목을 가진 괴수가 목을 아래로 내려 자신의 주인과 눈높이를 같이 했다.

"이제 잠시 떨어져 있어야겠다."

"꾸우으응…."

드라군은 아쉬운 듯 몸을 비튼다. 그 모습이 어리광부리는 애완동물이나 다름없다.

이윽고 드라군은 혁준의 명령에 따라 하늘위로 날아오른다. 그를 떠나보낸 강혁준은 해가 지는 방향으로 걸어갔다.

이제 적의 본거지인 스트롱홀드로 향할 시간이었다.

⚜

스트롱홀드의 본거지는 광대했다. 예전 EE-마트와는 비교가 되지 않을 정도로.

그에 더해 경비도 매우 삼엄했다. 외지에서는 강혁준이 내부에서는 가디언이 무섭게 깽판을 친 탓이다.

본거지 입구부터 만만치 않다. 경비병들이 눈을 부라리면서 살피고 있기 때문이다. 강혁준은 굳이 어려운 길로 가지 않았다.

타닥!

혹시 모를 데몬의 침입을 대비한 바리케이트였지만, 혁준에게 있어 대단한 높이는 아니었다. 단 한 번의 도움닫기로 그것을 뛰어넘고 자연스럽게 인파 사이로 스며들었다.

그가 찾아든 곳은 근처 술집이었다. 스트롱홀드 지역의 특징은 다른 시설 기반은 열악한데 반해서 딱 한 가지, 유흥에 관한 사업은 번창하고 있었다.

주류 공장이 멈추면서 새롭게 생산되는 술의 양에는 한계가 분명했다. 수요는 많은데 공급이 따라가지 못하는 실정. 하지만 사람이라는 동물은 정말 간절히 원하는 것이 있으면 수단과 방법을 가리지 않는 법이다.

여러 가지 방법으로 술을 제조하기 시작했는데, 그 방법이라는 것이 그다지 현명하지 못했다.

그 중 제일 어리석은 방법이 바로 기존의 술에다가 공업용 메탄올을 섞는 방법이다. 분명 도수를 쉽게 올릴 수 있지만 메탄올을 잘못 마시면 눈이 실명하거나 사망할 수도 있다.

대다수는 기분 좋게 취할 수 있기에, 그런 사소한(?) 문제는 가볍게 넘길 수 있었다. 강혁준이 방문한 곳 역시 크게 다르지 않았다.

자리에 앉자 바텐더가 가까이 다가온다.

"무엇으로 내드릴까요?"

"안 섞은 걸로 부탁하지."

"꽤 비쌉니다만."

다량의 무색 정수를 꺼내어서 보여준다.

"여기 있습니다. 손님."

바텐더가 맥주 병을 건넨다. 오프너가 따로 있었지만 강혁준은 맨손으로 가볍게 따버린다.

꾸울꺽!

'미지근하군.'

별다른 특징이 없는 국내 맥주인데다가 미지근하기까지 하니, 정말 맛이 떨어진다.

'냉각 특성이 있으면 정말 편할 텐데.'

그런 생각에 잠겨있는데, 누군가 강혁준 옆에 앉는다.

"못 보던 놈인데?"

스트롱홀드의 똘마니였다. 그가 강혁준에게 이런 말을 하는 이유는 간단했다. 스트롱홀드에 속한 자들은 모두 손등에 문신을 새긴다.

반면 강혁준은 손등은 깨끗했다. 예전이라면 모를까? 요새 들어 사건사고가 끊이지 않고 있다. 수상한 놈은 일단 추궁부터 하고 보는 것이다.

강혁준은 마시던 맥주를 내려놓고 뒤를 돌아보았다. 어느새 9명이나 되는 놈들이 늘어서서 그를 유심히 쳐다보고 있었다.

'이 놈들을 처리하는 것은 쉽지만…….'

그래서야 본래 목적이 어긋난다. 강혁준은 빙그레 웃으면서 말했다.

"당연하지요. 이곳은 처음이니까요. 만나서 반갑습니다."

의심을 품고 있는 이에게 오히려 악수를 청한다. 워낙에 자연스러운 분위기에 어리둥절한 표정으로 손을 마주잡고 흔든다.

"원래 이곳저곳 떠돌면서 스캐빈져 일을 하고 있지요. 얼마 전에 잭 팟을 터뜨려가지고 이렇게 자축하고 있었습니다만."

폐허가 된 곳에서 유용한 물품을 찾는 자를 스캐빈져라고 한다. 다만 운이 나쁘면 데몬과 맞닥뜨리는 경우도 있어서 극한 직업이라고 볼 수 있다.

"하지만 혼자서 마시는 술은 역시 맛이 없군요. 어이 바텐더."

"넵."

"내가 쏠 테니까. 여기 신사분들께 한잔 쭉 돌리라고."

단번에 술값을 치르는 모습에 나머지 이들이 감탄했다.

일순 험악해질 만한 분위기 속에서, 스캐빈져라는 고위험군 직종답게 오히려 배포 좋게 술을 권하는 것이 아닌가?

"하하하……. 자네 제법 마음에 드는구만."

자고로 공짜 술을 싫어하는 이는 없다. 덕분에 바텐더가 바쁘게 움직여야 했다.

"자! 스트롱홀드의 영광을 위하여!"

강혁준이 먼저 나서서 술잔을 들었다. 그것에 호응하듯 나머지 이들도 제창한다.

"위하여!"

"위하여!"

강혁준은 그 이후로도 자주 술을 돌렸다. 알코올이 계속 들어가자 그들은 강혁준을 형제처럼 대하기 시작했다.

"우하하핫……. 내가 미안하네. 자네처럼 좋은 친구를 의심하다니."

그 날.

그곳에서는 새벽까지 술 파티가 열렸다고 한다.

⚜

첫날은 술집 매출이나 크게 올려주었다. 하지만 그 덕분에 강혁준에 대한 경계도가 한층 낮아지게 되었다.

그 날 이후,

강혁준은 하루 종일 술집에서 시간을 보내었다. 그곳의 2층은 테라스로 지어져 있어서 거리를 살펴보기에 안성맞춤이었다.

그는 느긋하게 앉아서 지나가는 사람 하나하나를 눈 여겨 본다. 인파가 몰릴 때에는 한 번에 수백명씩 지나가곤 했다. 그럼에도 그는 단 한명도 놓치지 않았다. 높은 인지력이 받쳐주기에 가능한 일이었다.

그렇게 시간을 보내던 도중, 일순 그의 미간이 좁아진다. 제법 먼 거리였지만, 그가 원하던 것을 포착한 것이다.

'드디어 찾았군.'

강혁준의 시선이 머문 곳은 평범한 3명의 남자들이었다. 일행으로 보이는 그들은 골목 어귀에서 조용히 대화를 나누고 있었다.

허나 강혁준은 가공할만한 눈썰미로 그들의 정체가 가디언이라는 것을 알 수 있었다. 그것을 알아채는 데에는 몇 가지 단서가 있었지만, 무엇보다 독순술로 그들의 대화를 읽어낸 것이 주요했다.

'곧 작전이 시작됩니다.'

'알았다. 곧바로 움직이지.'

'쉽지 않을 겁니다. 스트롱홀드 개자식들이 벼르고 있거든요.'

'상관없어. 위험하다는 것은 누구보다 내가 잘 알고 있다.'

대화가 끝나고 그들은 어딘가로 향하기 시작했다. 놓칠세라 강혁준도 행동에 나섰다. 그들을 뒤따라 움직인 것이다.

✢

가디언은 약자다.

상대적으로 수가 적기 때문에 발각되면 일을 그르치기 십상이다. 그렇기에 가디언에게 있어서 은밀한 움직임은 생명이었다.

다만 강혁준에게는 그 점이 통하지 않았다.

타닥!

강혁준은 건물 옥상을 넘나들면서 가디언의 뒤를 쫓고 있었다. 아마 그들이 이런 사실을 알았다면 기절초풍했으리라.

'그들의 타깃은 저곳인가?'

붉은 등으로 치장한 건물이 보인다. 그리고 강혁준은 그것이 무엇을 뜻하는 것인지 안다.

'매음굴이로군.'

스트롱홀드의 똘마니들은 욕정의 화신이었다. 그들의 원래 출신이 범죄자라는 것을 생각해보면 그리 이상한 일도 아니다.

다만 문제점이 있다면 그 많은 수의 짐승을 만족시키기에는 매춘부 숫자가 너무 적었다.

따라서 스트롱홀드는 그들의 욕구를 잠재우기 위해서 직접 매음굴을 만들었던 것이다. 그리고 무엇보다 끔찍한 점은 여자를 강제로 납치해서 매춘을 시켰다는 점이다.

결국 매음굴의 여인들은 인간 이하의 삶을 영위해야 했다. 하루에 수십 명의 남자를 상대해야 했는데, 무엇보다 피임이나 성병에 대한 치료가 일절 이루어지지 않았다.

젊은 나이에 원치 않은 임신을 한 경우, 포주들은 일부러 발로 배를 차서 낙태시켰다. 게다가 성병에 걸린 이들은 아무런 조처 없이 길바닥에 내버렸다.

'쓰레기 같은 놈들.'

인권을 중시하는 가디언이 다음 목표로 삼을만하다. 하지만 그들의 의지와는 별개로 매음굴에서 여인들만 구출하는 것은 전혀 쉬운 일이 아니다.

'과연 성공할 수 있을까?'

강혁준은 그들을 유심히 지켜보았다.

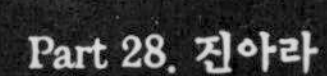

Part 28. 진아라

작전 시간이 다가오고 있었다.

"대장. 명령만 내리면 되오."

40대의 털복숭이 남자가 보고를 마친다. 이번 작전을 수행하는 이는 놀랍게도 묘령의 여인이었다.

판데모니엄 이전이라면 대학 새내기로서 풋풋한 매력을 발산했으리라. 하지만 종말로 치닫고 있는 이때, 환경이 그녀를 한 명의 여전사로 거듭나게 만들었다.

"알았어요. 먼저 1조부터 출발하세요."

그녀의 명령에 의해 가디언 일부가 움직인다. 그들이 하는 일은 적들을 교란하는 일이었다.

이윽고…….

콰과콰광!

멀지 않은 곳에서 화염이 뿜어져 나온다. 폭발물을 이용해서 건물 하나를 무너뜨린 것이다.

"뭐야?"

매음굴을 지키던 경비가 소리쳤다.

"내가 그걸 어떻게 알아?"

"가봐야 하는 거 아닌가?"

갑작스러운 일에 혼란스러워한다. 그러다가 매음굴에서 뛰쳐나온 포주가 경비에게 소리쳤다.

"당장 가서 무슨 일인지 알아봐. 이 멍청한 놈들아!"

포주의 말에 그제서야 그들은 사고현장으로 달려 나갔다. 하지만 그것은 명백한 실수였다.

"좋았어. 놈들이 빠져나가고 있다."

근처에서 매복하고 있던 가디언에게는 절호의 찬스였다. 대부분의 경비가 자리를 비운 것이다.

"내가 먼저 가겠어요."

묘령의 여인이 자리에서 일어섰다. 그녀는 몸에 착 달라붙은 타이즈를 착용하고 있었는데, 그 덕분에 육감적인 몸매가 절로 들어났다.

"크흠… 흠…."

"큼."

몇몇 이들은 일부러 다른 곳을 쳐다보았다. 특히 나이

어린 이들은 달아오른 얼굴을 숨기느라 곤욕을 치렀다.

그러거나 말거나 그녀는 행동에 나섰다. 허리를 낮추고 뛰어가는데, 그 모습이 표범 같았다. 탄력적인 몸매에서 퍼져 나오는 힘이 굉장히 야성적이었다.

타다닥!

순식간에 건물 외곽에 있는 담벼락까지 도착한다. 그리고 그녀의 등 뒤에 매여져 있던 단검 두 자루를 꺼낸다.

담벼락 위로 올라가는 그녀.

소음이 들리지 않도록 천천히 경비들에게 다가간다. 그 동안 경비는 불이 난 곳에 정신이 팔려있었었다.

'지금이야.'

그녀는 아래로 뛰어내린다. 테이크 다운과 동시에 단검이 급소를 찌른다.

"컥!"

단말마의 비명소리.

근처에 있던 다른 경비가 그녀를 발견한다. 그는 자신이 가진 소총을 그녀에게 겨누었다. 그대로 총을 갈기려는데…….

'블링크!'

그녀의 고유 특성이 발휘되었다.

샤샥!

경비는 입이 벌어졌다. 정체불명의 적이 순식간에 사라진 것이다.

"어떻게 된 것… 크억!"

그의 혼잣말은 완성되지 못했다. 사라졌다고 생각한 그녀는 바로 자신의 뒤편에 있었으니까.

푸욱!

치명적인 칼날이 그의 등을 깊숙이 찌른다. 정문에 있던 경비는 순식간에 정리가 된 것이다. 그녀가 가진 능력은 블링크로서 이런 암습에 특화된 능력이었다.

-블링크(B등급)(액티브)(소모마력:3-6-12-24) : 짧은 거리를 순간 이동합니다. 10초 이내에 사용하면 마력이 곱절로 소모됩니다. 가진 마력 이상으로 사용할시 몸에 과부하가 옵니다.

사기적인 기술인만큼 패널티도 있었다. 연속으로 사용하면 마력이 순식간에 바닥이 나버리기 때문이다. 패널티만 없다면 A급도 아깝지 않았을 것이다.

입구의 경비를 처치한 그녀는 뒤에 남은 부하들에게 수신호로 명령을 내린다. 이윽고 30명 가량의 가디언이 침입을 시도했다.

쾅!

문이 단번에 떨어져 나간다.

"뭐… 뭐야?"

한가하게 시간이나 죽이던 포주들은 갑작스러운 상황변화를 받아들이지 못했다. 그리고 그 결과는 다소 참혹했다.

뻐억!

알루미늄 배트에 맞고 쓰러진다.

우르르…….

나머지 인원들이 들어와서 쓰러진 포주를 신나게 두들겨 팬다. 거기에는 일말의 자비도 있지 않았다. 가디언들 역시 그들이 저지르는 악행을 알고 있었기 때문이다.

"그만하고 얼른 다음 단계로!"

뒤늦게 들어온 40대의 남자가 소리쳤다. 이번 작전에서 제일 중요한 것은 신속성이다. 언제 스트롱홀드의 지원군이 들이닥칠지 모른다. 그 전에 여인들을 구출해야 한다.

"넵!"

가디언들은 구석구석 방을 뒤지기 시작했다.

"헉… 헉……."

한참 방사에 집중하던 남성이 있었다. 그 밑에 깔린 여인은 생기 잃은 눈으로 허공을 바라보고 있었다. 죽지 못해서 살아가는 그녀에게 이승은 지옥이나 다름없었다.

덜컥!

순간 문이 열린다. 그것에 놀란 남자는 입에 욕을 담고 소리쳤다.

"씨팔! 놀래라. 너 때문에 물건이 쪼그라들었잖아?"

문을 열고 난입한 이를 자신의 동료로 착각한 것이다. 하지만 새로 난입한 이는 스트롱홀드가 아니라 가디언이었다. 그는 역겨운 표정을 지으며 말했다.

"인간아, 왜 사냐?"

그리고는 들고 있던 곤봉으로 그의 머리를 후려쳤다.

퍼억!

"컥!"

두개골이 단번에 골절된다. 어쩌면 내출혈로 죽을지도 모른다. 하지만 그곳에서 그따위 문제는 아무도 신경쓰지 않았다.

가디언은 주위에 커텐을 뜯어서 누워있던 그녀의 몸 위에 덮어준다.

"일어설 수 있겠나요?"

"누… 누구시죠?"

여인은 두려운 표정으로 물었다. 갑작스러운 등장에 황당해하는 것도 이해할만하다.

"저희들은 가디언입니다. 여러분을 구출하러 왔어요."

"정… 정말인가요?"

매춘부들도 소문에 밝은 편이었다. 여러 남자들과 잠자리를 가지다보면 이런저런 소문을 듣기 마련이니까. 그렇기에 약자를 수호하는 가디언에 대해서 모를 리가 없다.

"시간이 없어요. 얼른 움직여야 합니다."

가디언의 재촉에 여인은 자리에서 일어섰다. 어쩌면 지옥 같은 곳에서 빠져나갈 수 있을지도 모른다.

“아! 지하에 제 친구들이 있어요.”

포주들은 여자들을 지하에 가둔다. 혹시 모를 탈출에 대비하기 위한 그들만의 노하우다.

“이미 알고 있습니다. 제 동료들이 구출하고 있을 테니. 얼른 이곳에서 떠나죠.”

가디언의 구출작전은 착착 진행되고 있었다. 다만 계획이라는 것은 예상치 못한 변수에 좌절되기도 하는 법이다.

⚜

새까만 연기가 연신 피어오른다. 정체를 알 수 없는 폭발로 인해 건물이 불타오르고 있었다.

“콜록…… 콜록…….”

불완전연소로 인해 각종 유독 가스가 뿜어져 나오고 있었다. 몇몇 이들은 양동이에 물을 담아와서 화재현장에 뿌리지만 그것이 크게 도움이 되지는 않았다.

예전이라면 소방관이라도 부르겠지만, 지금은 딱히 방법이 없다. 그저 옆집으로 옮겨 붙지 않기를 바라는 수밖에.

결국 그곳에 있던 자들은 멀찍이서 불구경만 하고 있었다.

"니기미. 잘 탄다."

"근데 도대체 누가 불을 지른 거야?"

"몰라. 어떤 미친놈인지 몰라도 이미 내뺐어."

그렇게 한담이나 늘어놓는 와중이었다.

"한가하게 불구경이나 하고 있으니 재미있나?"

뒤에서 들려오는 목소리.

분명 그 의도는 비꼬는 어투였다. 속 좁은 인간들이 그것을 참을 리가 없다.

"씨방새가 어디서 입을 함부로……."

그는 말을 끝까지 잇지 못했다. 일반인의 두배는 될듯한 체구에다가 상반신에는 아수라 형태의 문신이 가득하다. 바로 스트롱홀드의 천인대 대장인 곽부용이 그 목소리의 정체였다.

"용… 용서해주십시오. 제…가 몰라보고…. 실수를."

스트롱홀드 내에서도 서열 10위권의 남자다. 최하위 각성자인 그들은 차마 범접할 수도 없는 지위다.

"실수를 저질렀으면 벌을 받아야지."

곽부용은 입을 함부로 놀린 자의 멱살을 쥐었다.

"크윽…."

최대한 불쌍한 표정을 지었지만 소용이 없었다. 곽부용은 그대로 그를 불타고 있는 건물을 향해 던져버렸다.

"으아아악!"

허공에서 그는 비명을 한참동안 지른다. 꽤 먼 거리임에도 성인 남자를 한쪽 팔로 날려버린 것이다. 그것만으로도 그의 근력이 엄청나다는 것을 짐작할 수 있었다.

꿀꺽-!

남은 각성자들은 모두 곽부용의 눈치를 본다. 스트롱홀드는 인명경시의 풍조가 짙다보니 그저 말 한마디 잘못해도 제삿날인 것이다.

"쯧……."

사실 곽부용은 이곳을 우연히 지나가고 있었다. 그런데 갑작스런 화재가 일어났고 덕분에 이곳으로 온 것이다. 그런데 화재현장을 보니 뭔가 구린 냄새가 나는 것이 아닌가?

"네 놈들 어디 소속이냐?"

그의 질문에 똘마니들은 각자 자신의 거취를 밝혔다. 그런데 살펴보니 대부분이 매음굴의 경비병들이었다.

'혹시…….'

뭔가 촉이 온다. 곽부용은 그곳에 있던 각성자들을 모두 집합시켰다. 그리고는 곧바로 명령을 내린다.

"너희들 모두 나를 따라와라."

"넵!"

⚜

그 시각.

강혁준은 건물 위에서 가디언의 움직임을 유심히 살펴보고 있었다.

"실력이 나쁘지 않군."

가디언이 비록 숫자는 적지만, 대신 정예화가 되어 있었다. 무색 정수로 강해질 수 없기에 그들은 위험하지만 직접 데몬을 사냥했다. 그러다보니 스트롱홀드의 각성자보다 실전 경험은 풍부했던 것이다.

"저런……."

강혁준은 혀를 찼다. 연유를 모르지만 성동격서의 작전은 어긋나버리고 말았다. 꽤 많은 수의 스트롱홀드의 각성자들이 매음굴을 향해 진격하고 있었기 때문이다.

강혁준은 자리에서 일어났다.

'한 번 살펴볼까?'

강혁준은 사건의 장소를 향해 뛰어내렸다.

그 시각.

지하에 갇힌 여인들을 구출하느라 시간이 지체되었다. 냉정하게 가디언만 빠져나간다면 그리 어렵지 않다. 하지만 그들은 백 명 남짓의 여인을 탈출시키는 중이다. 이대로라면 따라잡힐 것이 눈에 훤하다.

"젠장. 이러다가 따라 잡히겠어."

"여기서 발이 묶이면 모두 전멸이야."

가디언의 안색이 어둡다. 그러면서 모두의 시선이 한 곳으로 향했다. 바로 이곳의 책임자인 그녀에게로 말이다.

'진아라…… 정신 차리자. 무슨 일이 있어도 이번 일을 성공시켜야 해.'

많은 이의 삶이 걸린 일이다. 그녀는 고개를 돌려서 두려움에 떨고 있는 여인들을 바라보았다. 만약 저들이 짐승보다 못한 스트롱홀드에게 다시 붙잡힌다면?

말도 못할만큼 끔찍한 일이 기다릴 것이다. 어쩌면 본보기로 공개처형할지도 모른다.

'차라리 내가 희생하겠어.'

진아라는 결정을 내렸다. 그러자 오히려 마음이 편해졌다.

"제가 이곳에서 저들을 막도록 하지요. 나머지 분들은 작전대로 이곳을 탈출하세요."

그러자 혈기 넘치는 가디언은 서로 남겠다고 소리쳤다. 갓 20대의 여인을 남겨두고 도망치기에는 그들의 자존심이 허락하지 않았던 것이다.

"너무 위험해요."

"차라리 내가 남도록 하마."

그들의 마음은 고맙다. 하지만 이곳에서 제일 강한 각성자는 바로 진아라였다.

“제 특성 아시잖아요? 여러분이 안전해지면 바로 몸을 빼게요.”

그녀의 특성은 블링크.

신출귀몰하고 뛰어난 기동성을 가진 그녀를 잡으려면 수백의 병력도 모자라다. 따지고 보면 적들을 교란하고 탈출하기에 제일 유리한 조건을 가진 각성자가 바로 진아라인 셈이다.

“그러니까 더 이상의 반론은 항명으로 받아들이겠어요.”

그녀의 표정은 단호했다.

Part 29. 곽부용

진아라는 아군의 안전한 후퇴를 위해서 후방에 남기로 했다. 그렇다고 해서 이곳에서 뼈를 묻을 생각은 없었다.

목적만 이룩하면 자신도 빠져나갈 생각이었다.

철컥!

그녀는 두 자루의 권총을 꺼내었다. 이전에 단검으로 경비를 쓰러뜨린 이유는 은밀한 침입을 위해서였다. 목적을 달성한 지금이라면 소음이 다소 발생하더라도 상관없다.

그녀가 장비한 권총은 콜트 m1911.

미군이 사랑하는 권총으로서 45.ACP탄을 쓰기에 저지력이 훌륭하다. 단점이라면 클립에 들어가는 탄환이 고작 8발이라는 점이다.

'최대한 소란스럽게 이목을 끌어야 해.'

척! 척! 척!

빠른 걸음으로 다가오는 스트롱홀드의 각성자들이 보인다. 매복이나 함정은 전혀 염두하지 않은 모양이다.

그것은 진아라에게 유용하게 작용했다.

"썩을 년들. 감히 도망을 가?"

"가디언 씹새끼들. 다 죽여버리겠어."

각성자들은 분노를 표했다. 그들의 저열한 욕구를 채워줄 도구를 뺏긴 탓이 크다.

데구르르르르…….

뭔가 둥근 것이 굴러 와서 각성자의 발치에 닿는다. 무언가 싶어서 자세히 보니 수류탄이 아닌가?

"씹……."

그는 마저 말을 잊지도 못했다.

쾅!

폭발이 이어지면서 파편이 사방으로 퍼져나간다. 그러면서 도중에 걸리는 것은 무엇이든지 찢어발겼다. 스트롱홀드의 똘마니도 포함해서 말이다.

"적이다!"

뒤편에서 크게 소리치던 그의 이마에 총탄이 박힌다. 진아라의 훌륭한 사격 솜씨였다. 허나 곧바로 스트롱홀드의 반격이 시작되었다.

타타타!

진아라는 곧바로 엄폐물 아래에 숨었다. 그녀의 머리위로 총탄이 마구 날아온다. 잠깐 잠잠해졌을 때, 그녀는 반격을 가했다.

탕! 탕탕!

어깨에 총을 맞고 쓰러지는 각성자! 권총의 짧은 사정거리를 생각할 때, 그녀의 사격 솜씨는 신기원에 가깝다.

"이크……."

"조심해!"

서서 사격을 가하던 스트롱홀드의 각성자들도 그제서야 엄폐물을 찾는다.

'좋았어.'

일차 목표는 달성했다. 그들은 진아라라는 적을 만나서 발이 묶인 것이다. 하지만 그녀의 상황이 좋은 것은 절대 아니다.

그녀는 혼자인데 비해 각성자의 숫자는 수십이다. 지금 이 순간에도 다량의 총탄이 엄폐물에 박히고 있었다. 머리조차 들 수 없는 제압에 걸린 것이다. 이대로 우회하는 적이 있으면 그대로 당할 수밖에 없지만 그녀가 가진 특성은 이런 상황에 매우 유용했다.

'블링크.'

그녀는 가볍게 공간이동했다. 적들은 그것도 모르고 계속 사격을 가한다.

"고고고!"

지원 사격을 가하던 자가 소리쳤다. 다른 이가 고개를 끄덕이고 앞으로 질주한다. 엄폐물 밖으로 빠져나가는 움직임은 없었다.

'넌 뒤졌어!'

총구를 돌리면서 사격을 가할 찰나였다.

"엥?"

없다. 분명 그 자리에 있어야 할 적의 모습은 보이지 않았다.

"어떻게 된……."

퍼억!

그 순간.

그의 이마에 작은 구멍이 뚫렸다. 진아라의 사격이 이번에도 적중한 것이다.

"니기미……."

근처에서 아군의 머리가 뚫리는 것을 본 각성자는 머리를 수그렸다. 적은 마치 유령이나 마찬가지였다.

숫자를 이용해서 압박을 가했지만 그녀는 너무 손쉽게 파훼해버린다. 문제는 그뿐만 아니라, 시간이 갈수록 죽어가는 각성자들이다.

벌써 열댓 명의 사상자가 발생했다.

푸쉬이이이이!

이번에는 연막탄이다. 자욱한 가스에 피아 식별이 되지 않는다. 진아라는 잔악하게 그 점을 이용했다.

"크!"

블링크를 이용해서 후미에 있던 각성자의 목에 단검을 들이댄다.

"쉬이이……."

조용하라는 제스처다. 죽고 싶지 않는 각성자는 그대로 몸이 굳는다. 진아라는 그가 들고 있던 소총을 한손으로 뺏는다.

투타타타타!

한손으로 사격하다보니 정확도가 그리 좋지는 않았다. 하지만 그것은 적에게 혼란을 강요시켰다.

"뒤에도 적이 있다아!"

혼란은 순식간에 퍼졌다. 보이지도 않는 곳을 향해 총을 마구 갈긴다. 순간 피보라가 일어난다.

퍼버벅!

일부는 진아라가 있는 곳을 향했다. 하지만 그녀에게는 바디벙커라는 훌륭한 방어막이 있었다.

들썩들썩!

대신 총을 맞아주던 각성자는 피를 뿜으며 쓰러진다.

'블링크.'

또 다시 사라지는 그녀.

그건 각성자에게 악몽을 다가왔다. 결국 한 명의 각성자가 공포를 참지 못하고 소리쳤다.

"저 여자가 우릴 다 죽일 거야!"

그런 반응은 진아라가 원하던 것이었다. 생각보다 일을 수월하게 진행되고 있었다. 이제 어느 정도 시간만 더 벌이다가 도망가면 된다.

'조금만 더!'

진아라는 욕심을 부렸다. 그녀가 고생할수록 도주하는 가디언에게 큰 도움이 된다. 하지만 그것은 과욕이었다.

'어라?'

순간적으로 그녀의 주위로 어둠이 깔린다. 그러나 지금은 아직 밝은 대낮인데다가 구름 한 점 없는데?

"브… 블링크!"

마력을 쥐어짜낸다. 다행인 점은 늦지 않게 특성이 발휘되었다.

콰드드드득…!

하늘을 날던 소형차가 그녀가 있던 장소를 휩쓸어버린다. 바닥과 부딪힌 그것은 튕겨나가면서 근처 벽면에 부딪힌다. 얇은 콘크리트 벽따위 단번에 와르륵 무너뜨린다.

"아쉽군."

가볍게 손을 터는 남자의 이름은 곽부용.

천인대 대장이자 인간을 초월한 근력의 소유자였다. 소형차 한 대의 무게는 대략 1톤이 넘는다. 하지만 그는 장난감이라도 다루듯이 던져버린 것이다.

'이럴 수가…….'

운도 지지리 없다. 하필이면 스트롱홀드의 최고 간부가 이곳에 뜨다니. 제 아무리 진아라라고 하더라도 그의 상대가 될 수가 없다.

'도망쳐야 해.'

이리저리 잴 필요도 없다. 그녀는 곧바로 도주를 감행했다. 하지만 곽부용은 간만에 찾아온 기회를 놓칠 생각이 없었다.

'무슨 일이 있어도 저 년은 꼭 잡고 만다.'

가디언의 게릴라로 곤혹을 겪던 참이다. 이 기회에 진아라를 잡아서 중요 정보를 빼낼 생각이다.

'그런데 참 맛있어 보이는 년이로군.'

멀리 달아나는 진아라를 쫓으면서 곽부용은 흐뭇한 미소를 지었다. 달리는 반동으로 출렁거리는 엉덩이가 육감적이었기 때문이다. 그녀만 잡는다면 고문 과정이 생각보다 즐거울 것 같았다.

탕! 타탕!

그녀는 뒤로 내빼면서 사격을 가한다. 곽부용을 쓰러뜨리기 위해서가 아니었다. 그것보다 어떻게든 추격을 저지하기 위해서였다.

퍼버벅!

총탄이 그대로 살에 박힌다. 하지만 곽부용에게 있어서 그것은 그저 약간 따끔할 정도다. 물리 저항이 15점이 넘어가면 권총탄은 소용이 없다.

'칫!'

그녀는 쓸모가 없는 권총을 버렸다. 0.1초라도 더 빠르게 달아나는 것이 유일한 생존 방법이었기에.

'너무 조용해.'

이상하게 뒷목이 서늘하다. 고개를 돌려 살펴보니 거기에는 표지판을 뽑아서 창처럼 던지려는 곽부용이 있었다.

'설마…….'

슈아아악!

어마어마한 속도로 날려드는 표지판이다. 그것을 피하기에는 그녀의 순발력이 한참 모지라다.

'블링…크!'

적중당할뻔 했던 그녀가 사라졌다. 절묘하게 특성을 사용해서 또 한번 회피한 것이다.

허나 곽부용의 표정은 그리 나쁘지 않았다. 오히려 곽부용은 진아라의 특성에 대해 빠삭하게 알고 있었다. 그의 부하들 중에도 블링크 특성을 가진 자가 있었기 때문이다.

표지판을 던진 것은 오히려 블링크를 유도한 것이다.

"그 년을 쫓아. 멀리가지 못했을 것이다."

⚜

"하악…. 하아악……."

잦은 특성을 사용해서일까? 마력은 물론이거니와 체력까지 바닥나버렸다. 진아라는 금방이라도 주저앉고 싶은 유혹을 이겨내면서 겨우 걸음을 내딛었다.

거리는 조용했다.

총탄소리와 폭발소리에 겁을 먹은 비각성자들은 집안으로 모두 숨어버렸기 때문이다.

'숨을 곳이 없을까?'

소모된 마력과 체력을 보존할 수 있다면 도주가 아주 불가능한 것은 아니다. 하지만 그러기에 뒤를 바짝 뒤쫓고 있는 각성자가 걸림돌이다.

"어이."

뒤편에서 나직하게 들리는 목소리.

그것에 놀란 그녀가 다급하게 뒤를 돌아보았다. 거기에는 처음 보는 20대 남성이 서있었다. 눈빛이 날카롭다는 것 외에는 다소 평범해보였다.

"……."

손등을 보니 문신은 없었다. 적어도 스트롱홀드는 아니라는 뜻이다.

"도망가고 있지? 여기에 숨어."

"누구시죠?"

그녀는 경계어린 태도로 외쳤다. 스트롱홀드가 아니라고 해서 모두 아군은 아니다. 어쩌면 그녀의 신병을 스트롱홀드에게 일러바칠지도 모른다.

"여유가 넘치나 보네. 얼른 이리오라고."

그렇게 말하면서 남자가 손을 내밀었다. 진아라의 손목을 잡으려는 속셈이다. 당연한 일이지만 그녀는 그것을 떨쳐내려고 했다.

턱!

"아……."

너무나도 쉽게 잡혀버렸다. 기척을 알아차리지도 못한 것부터 손목까지 이렇게 잡히다니. 지금은 쫓기고 있지만 그녀는 가디언내에서 다섯 손가락 안에 드는 강자다.

진아라는 당황한 표정으로 말했다.

"어떻게?"

"그건 알거 없고."

그러는 사이 멀지 않은 곳에서 발걸음 소리가 들린다. 뒤늦게 따라붙은 각성자들이다.

이대로 있으면 발각되는 것은 시간문제다. 하는 수 없이 남자의 손에 이끌린다. 그녀가 숨은 장소는 나무 박스 안이었다.

'이제 와서 도망가기에는 이미 늦었어.'

어차피 체력이 바닥난 상태였다. 설사 남자의 도움을 거절했다 하더라도 붙잡히는 것은 시간문제다. 운이 좋다면 이곳에 숨어서 위기에 벗어날 수 있다.

나무 상자는 작은 구멍을 통해 밖을 내다볼 수 있었다.

두근두근!

동시에 그녀의 가슴도 심하게 뛰기 시작했다. 이제는 더 이상 도망갈 수단이 없었기 때문이다.

곧 이어 추격을 하던 스트롱홀드의 똘마니가 모습을 드러내었다.

"저기로! 저기로 도망갔어요!"

20대의 남자는 엉뚱한 방향을 가리키며 소리쳤다. 새빨간 거짓말이었지만 실감나는 연기를 펼쳤던 탓일까?

"고맙다!"

오히려 감사의 인사를 받는다. 각성자들은 남자가 가리킨 방향으로 뛰어갔다.

'저 바보들…….'

너무나도 쉽게 속는 모습에 자신도 모르게 헛웃음이 나온다.

'나를 도와주려했구나.'

의심했던 자신을 반성한다. 판데모니엄이 되고 난 후, 가디언 동지를 제외하면 사람을 믿지 못했다. 고마운 마음이 들었지만, 동시에 마음에 걸리는 것이 한 가지 있었다.

'혹시 들키면…….'

자신의 처지는 둘째치더라도 남자의 신변이 걱정된다. 가디언을 도와주었다는 이유만으로 충분히 사형을 집행시킬 인간들이었기에……

'제발 아무 일이 일어나지 않기를…….'

하지만 그녀의 기도는 이루어지지 않았다. 2m키의 떡대가 20대의 남자를 지그시 내려다보며 소리쳤기 때문이다.

"넌 뭐하는 빼다귀냐?"

어이없어하는 곽부용의 말이었다.

⚜

강혁준의 계획은 간단했다.

그는 가디언을 하나의 도구로 이용할 생각이었다. 그렇게 하기 위해서 극적인 상황에 나서서 그들을 도와줄 작정이었다.

그런데…….

'허어 참…….'

지금 가디언을 진두지휘하고 있는 여인에게서 눈을 뗄 수가 없었다. 현생에서 혁준은 그녀는 처음 보는 셈이다. 하지만 그는 아라의 머리부터 발끝까지, 아니 은밀한 부분까지 속속들이 알고 있었다.

왜냐하면 회귀 전, 진아라는 강혁준의 마누라였기 때문이다.

'이곳에서 보게 될 줄이야.'

회귀 전.

혁준에게는 여러 명의 애인이 있었다. 강혁준의 연애관 자체가 오는 여자를 마다하지 않기 때문이었다.

요새 말로 말하자면 나쁜 남자의 표상이라고 할 수 있지만 그 점이 강혁준에게 누가 되지는 않았다. 오히려 세계 최강의 남자와 연을 맺기 위해 자신의 딸조차 바치려는 자가 있었다. 자고로 영웅호색이라는 말도 있지 않던가?

여튼 호색한이었던 혁준에게도 단 한 명의 아내가 있었다. 연애문제에 관해서 늘 수동적인 자세를 가지던 그가 유일하게 대쉬해서 결혼까지 하게 된 사례가 있었던 것이다.

'그나저나 젊네.'

회귀 전, 그녀와 처음 만났던 것은 30대 초반 무렵이었다. 아무래도 20대의 풋풋한 지금과 차이는 있었다.

'그때나 지금이나 예쁜 건 여전하구나.'

Part 30. 무자비

가디언의 안전한 탈출을 위해서 진아라는 후미에 남는다. 스스로 희생하는 한이 있더라도 타인을 위해서 길을 열어주려는 것이다.

'아마 그런 점에 반했던가?'

진아라는 외유내강의 여성이었다. 평소에는 늘 따뜻한 미소로 남을 대하지만, 위기의 순간에는 강인한 여전사가 된다.

지금도 마찬가지였다.

타타타!

분명 숫적으로 불리하지만 그녀는 물러서지 않았다.

"저 여자가 우릴 다 죽일 거야!"

오히려 적에게 공포의 존재가 되고 있었다.

'내 도움이 필요 없을지도.'

강혁준은 때를 봐서 물러가려고 했다. 하지만 생각하지 못한 변수가 발생했다.

곽부용의 출현이었다. 그의 개입으로 순식간에 아라는 수세에 처하게 되었다. 블링크로 위급한 순간을 넘겼지만, 그대로 두면 분명 스트롱홀드에게 잡힐 것이 뻔하다.

타닥!

강혁준은 그녀가 사라진 방향으로 빠르게 뛰어내렸다. 얼마 있지 않아서 지친 그녀를 발견할 수 있었다.

"어이."

이름은 알고 있지만.

처음 보는 사이에 아는 척 할 수는 없다.

"……."

그녀가 뒤돌아선다.

전투에 방해되지 단정하게 묶은 머리가 먼저 보인다. 하지만 강혁준은 그녀의 찰랑거리던 머리카락을 기억한다. 서로의 육체를 탐닉한 후, 그녀가 길게 자란 생머리로 장난스럽게 자신의 코를 간질이던 기억이 떠올랐다.

"도망가고 있지? 여기에 숨어."

분명 도와주려고 했던 일이지만 그녀의 경계어린 눈을 하고 있었다. 맑은 눈동자에 서린 적의가 약간은 서운했지만 이해할만하다.

"누구시죠?"

날선 목소리로 외친다. 허나 멀지 않은 곳에서 스트롱홀드 병사가 다가오고 있었다. 일단 그녀를 숨길 필요가 있었다.

"여유가 넘치나 보네. 얼른 이리오라고."

단번에 그녀의 손목을 낚아챈다. 놀란 표정으로 자신을 바라본다. 그 모습이 제법 귀엽다.

"아……."

10년 후라면, 그녀도 A등급을 달성하겠지. 하지만 그것은 먼 후의 이야기이다. 너무나도 간단하게 잡혀버린 것이 충격인지 그녀는 말을 잊지 못한다.

"어떻게?"

"그건 알거 없고."

그녀를 일단 숨긴다. 절대 나오지 말라는 말을 덧붙이면서. 얼마 있지 않아서 스트롱홀드의 각성자들이 이곳으로 달려왔다.

"저기로! 저기로 도망갔어요!"

멍청한 각성자들은 혁준의 말을 그대로 믿는다. 그들은 엉뚱하게 가리킨 곳으로 뛰어간다. 그러면서 감사의 인사까지 해준다.

"고맙다!"

오늘은 옛 연인과 재회한 날이다. 이런 날에 굳이 피를 보고 싶지는 않았다. 하지만 그의 마음을 하늘은 헤아려주지 않았다.

"넌 뭐하는 뼈다귀냐?"

스트롱홀드 천인대 대장의 곽부용은 어이없는 표정으로 말한다.

"별 볼일 없는 놈입니다. 그것보다 분명 제가 봤습니다. 저쪽으로 도망가는 걸 말이죠."

일단 강혁준은 두려운 표정을 연기했다. 자신의 연기가 어디까지 통용이 될지 궁금했기 때문이다. 하지만 곽부용은 인상을 굳혔다.

"내가 그딴 헛짓거리에 속을 줄 아냐?"

곽부용에게는 추적에 유용한 스킬이 하나 있었다.

-베티스의 후각(F등급)(패시브): 후각으로 상대를 추적할 수 있습니다. 단점은 악취도 수십 배로 느낀다는 점입니다.

도망가는 그녀를 보고도 느긋했던 이유가 바로 여기에 있었다. 자신의 후각에 따르면 분명 이곳에 진아라가 숨어 있었다.

'감히 뻔히 보이는 거짓말을 해?'

문신도 없는 것을 보아하니 비각성자로 보인다. 아마도 가디언을 돕기 위해서 거짓말을 하는 것처럼 보였다. 아무런 힘이 없는 약자치고는 용기를 발휘한 것이지만.

'만용에 불과하지. 정 그렇다면…….'

곽부용은 큰 소리로 외쳤다.

"네 년. 이곳 어딘가에 숨어있다는 것쯤은 알고 있다. 당장 나오지 않으면 네 남자 친구를 반쪽으로 갈라주지!"

상자에 숨은 그녀의 심장이 덜컥 내려앉는다. 자신을 숨겨준 대가로 멀쩡한 목숨이 날아가게 생겼다.

'두려워. 두렵지만…….'

그렇다고 이대로 그를 희생시킬 수는 없다. 차라리 지금 항복하는 것이 옳다.

'설사 내가 죽더라도.'

마음을 굳힌 그녀는 외쳤다.

"그만."

근처에 있던 박스에서 그녀가 기어 나온다.

이미 마음을 굳힌 그녀는 오히려 마음이 편해졌다. 설사 끔찍한 폭행과 고문이 기다리고 있다 하더라도 말이다.

"항복하겠어요. 부탁이니 그를 놓아줘요. 그는 제가 시킨 대로 행동했을 뿐이니까."

아라는 그렇게 말을 하면서 고개를 숙인다. 하지만 그 순간 강혁준은 한 숨을 푹 쉬었다.

"나오지 말라고 일렀건만. 대체 내 말을 왜 무시한 거야?"

"네?"

아라는 기가 막혔다. 목숨을 걸고 모습을 드러냈는데 오히려 당사자는 왜 자신의 말을 듣지 않았냐고 역성을 낸다.

"저… 저는 당신을 살리려고……."

어처구니없는 태도에 그녀는 순간 말을 더듬고 말았다.

"하! 내가 이따위 병신들에게 당한다고?"

강혁준은 주위를 둘러보았다. 곽부용을 비롯해서 각성자가 100명이 넘어간다. 남들이 보기에는 절체절명의 위기였지만 강혁준에게는 점심 식사거리에 불과했다.

"이… 조그만 자식이……."

강혁준의 태도에 열 받은 것은 곽부용이었다. 처음부터 스트롱홀드를 속이려는 태도가 마음에 들지 않았다. 그런데 자신을 비롯해서 스트롱홀드를 무시하는 발언까지 한 것이다.

곽부용은 눈앞의 사내를 징벌하기로 마음먹었다. 바로 죽음으로!

부우웅!

아래로 내려찍는 거대한 주먹.

그의 근력 점수는 무려 30점이 넘는다. 적중만 하면 온전한 시체가 없을 지경이다.

"아!"

아라는 뾰족한 비명을 질렀다. 목숨을 바쳐서라도 그를 구하려고 했건만. 그녀의 노력은 물거품이 되고 말았다.

턱!

"……."

"……."

일순간 기묘한 침묵이 그 주변을 잠식한다. 놀랍게도 그의 주먹은 강혁준의 손에 잡혀서 전혀 움직이지 못하고 있었다.

"으으윽……."

신음을 흘리는 것은 오히려 곽부용이었다. 바위도 부숴버릴 주먹을 가졌지만 지금은 땀만 뻘뻘 흘리고 있었다.

"어딜 내려다보는 거지?"

단번에 그의 주먹을 반대로 꺾는다.

"어흑……."

곽부용은 신음소리와 함께 무릎을 꿇고 말았다. 그러자 둘의 눈높이는 반대로 변했다. 강혁준은 특유의 차가운 시선으로 그를 내려다본다.

"아까 날보고 반쪽을 내준다고 했지?"

"……."

"지금부터 네 놈을 박살내는데 단 1초도 쓰지 않겠다."

곽부용은 거기에 아무런 대꾸도 할 수 없었다. 손목이 끊어질 것 같은 고통은 둘째 문제다. 기백에 눌린 그는 고양이 앞에 쥐처럼 꼼짝달싹도 못하고 굳어버린 것이다.

혁준은 말이 끝나기가 무섭게 산만한 덩치를 가볍게 들어올린다. 그리고 무릎을 세운 다음, 그 위로 자유낙하 시켰다.

뿌직!

척추가 부러지는 소리가 울려 퍼졌다.

"크허어억……."

그에 더불어 숨넘어가는 소리가 입에서 절로 튀어나온다. 허나 강혁준은 그것으로 끝낼 생각이 없었다. 그의 목과 다리 부분을 가열차게 누른다.

우두두두둑!

폴더폰을 반대로 접으면 어떻게 될까? 다시는 쓸 수 없는 고물이 되어버린다. 지금 곽부용의 상태도 그것과 마찬가지였다.

간단한 척추 손상으로 끝나지 않았다. 부러진 뼈가 안의 장기를 헤집을 정도였기에.

"쿨럭……."

심각한 손상을 입은 곽부용이 피를 토해냈다. 혁준은 그를 바닥에 던져버렸다. 마치 가치가 없는 쓰레기를 버리는 모습이다. 그의 목숨은 3분도 안 되어 꺼질 것처럼 보였다.

"말도 안 돼."

"주… 죽었다구? 농담…이지?"

"천인장님이……."

무색 정수를 밥 먹듯이 섭취하던 그였다. 그런데 재활용 쓰레기보다 못한 취급을 받을 것이라고 누가 생각했겠는가?

"피…스메이커?"

스트롱홀드의 각성자 하나가 말을 흘린다. 처음에는 의문이었지만, 금세 모두가 수긍하고 말았다. 천하의 곽부용을 가볍게 처리할 수 있는 사람은 피스메이커 말고는 없기 때문이다.

강혁준의 시선이 나머지 똘마니들에게 향한다.

흠칫!

그저 바라보는 것만으로 자라목이 되어버린다. 그전부터 스트롱홀드 상부에서 내려온 명령이 있었다.

-피스메이커와는 절대로 교전하지 마라.

최고 정예집단인 사냥개도 그의 손에 박살이 났다. 그런 강자에게 나머지 부하를 보내봤자 차례대로 각개격파의 재물이 될 뿐이다.

'도… 도망치자.'

눈치 빠른 각성자 하나가 뒤도 돌아보지 않고 달아난다. 곽부용처럼 처참하게 죽고 싶은 사람은 없었다. 도주의 행렬은 순식간에 퍼져나갔다.

아무리 쓰레기 같은 인생이라도 자신의 목숨은 소중한 법이었기에. 북적거리던 거리는 금세 조용해졌다.

결국 그곳에는 진아라와 강혁준만 남게 되었다.

"저… 정말 당신이 피스메이커인가요?"

비각성자들 사이에서 혁준은 메시아와 같은 존재였다. 가디언도 따지고보면 강혁준이 있었기에 이렇게 활동을 할 수 있었고.

"뭐. 그렇게 부르는 사람도 있더군.

강혁준은 대수롭지 않게 말했다. 피스메이커는 조정자 혹은 중재라는 뜻을 가지고 있지만, 따지고 보면 비각성자의 염원을 담은 표현일 뿐.

오히려 혁준의 존재는 그 반대와 가깝다.

굳이 그를 빗대어 표현하자면 묵시록에 나오는 4명의 기사 중 붉은 말을 탄 '전쟁(War)'이나 마찬가지다.

기존의 체제를 무너뜨리고 새로 정립하는 존재로서 지상의 평화를 거두어가기 때문이다. 하지만 혁준은 굳이 자신에 대해서 주저리주저리 설명하지 않았다.

그보다 어떻게 하면 그녀를 다시 자신의 것으로 만들 수 있을지에 더욱 관심이 간다.

"그런 낯 뜨거운 별명보다 서로 이름을 부르는 것이 낫지 않을까?"

"그렇긴 하네요. 제 이름은 진아라에요. 절 도와주신 건 정말 감사해요."

"강혁준. 이름을 불러도 되고. 간단하게 준이라고 해도 되고."

회귀 전, 아라는 늘 애칭으로 그를 불렀다. 강혁준은 그 때처럼 자신을 준이라고 불러주길 바랐다.

"그건 너무 부담스럽네요. 강. 혁. 준씨."

한 글자 한 글자 끊어서 부른다. 거리를 벌이는 태도였지만 오히려 혁준은 그것에 깊은 매력을 느꼈다. 예전에도 그녀를 자신의 것으로 만들기 위해 꽤나 애를 먹었기 때문이다.

"당신 가디언 소속이지?"

강혁준이 묻는다. 아라는 순순히 고개를 끄덕였다.

'뻔히 보는 것만으로 알겠지.'

"맞아요."

"그럼 잘 되었군. 어떻게 해서든 그쪽이랑 접촉하고 싶었는데 말이야."

그의 말에 아라의 머릿속이 복잡해졌다.

"그 이유를 물어도 될까요?"

"간단하지. 스트롱홀드를 박살내기 위해서. 그 점에 관해서는 그쪽이나 나나 똑같은 견해일 것 같은데."

맞는 말이다. 하지만 진아라는 경거망동하지 않았다. 공동의 적을 두고 있으나 강혁준은 정체가 불분명한 자였다. 가디언의 은신처를 그에게 알려주는 것은 무척이나 위험한 일이다.

"그…건 저 혼자 결정할 수 없는 일이랍니다. 미안해요."

미안한 표정으로 그녀가 말한다. 하지만 강혁준은 별로 개의치 않았다.

"뭐 입장은 이해해."

"시간을 주신다면 당신의 뜻을 상부에 알리도록 할게요."

강혁준은 고개를 끄덕인다. 처음부터 밀어붙일 생각은 없었다. 그보다 한 시간이라도 그녀와 더 지내고 싶은 마음이었다.

"어차피 이곳에서 벗어나야 하지?"

"그건 그런데……."

지금 위치는 스트롱홀드가 지배하는 곳이다. 어물쩡 있으면 대규모의 적이 쳐들어올 것이 자명하다.

"스트롱홀드 구역 밖까지 데려다주지."

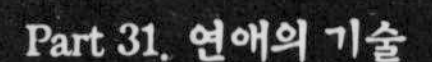

Part 31. 연애의 기술

강혁준은 텔레파시로 드라군을 불렀다. 멀지 않은 곳에서 대기한 탓인지 수분 이내에 도착한다.

펄럭! 펄럭!

그것을 보고 놀란 아라는 자신의 무기를 쥔다. 갑자기 데몬이 나타날 것이라고 전혀 예상치 못했기 때문이다.

"잠깐…… 무기 넣어놔."

"하… 하지만?"

"내 애완악마야. 확실히 훈련도 시켜 놓았기 때문에 위험한 일은 없어."

그의 말이 끝나기도 전에 드라군은 바닥에 착지한다. 그리고는 길다란 목을 아래로 수그려서 강혁준과 눈높이를 맞춘다.

혁준은 손을 들어 드라군의 단단한 머리를 쓰다듬는다.

"그르르르……."

드라군은 낮은 목울림으로 그르렁거린다. 기분이 좋다는 의사표현인 셈이다.

"봤지? 얌전하잖아."

"그…렇군요."

"너도 만져봐."

"정중하게 사양하겠습니다."

탁!

"진짜 안 문다니까."

강혁준은 단번에 그녀의 손을 낚아챘다. 그리고 억지로 머리를 만지게 했다.

"흑……."

차가운 비늘이 손으로 느껴진다.

'어… 엄마야!'

화가 난 드라군이 덥석 자신의 손을 물어버릴 것 같았다. 하지만 그건 그녀의 기우에 불과했다.

"그르르르르……."

낮은 진동이 손을 통해 전해져온다.

"맥스도 네가 마음이 든데."

"맥스요?"

"아! 이 녀석 이름이야."

"좋은 이름이네요."

판데모니엄이 오기 전, 그녀는 애완고양이 한 마리를 길렀다. 지금은 죽었는지 살았는지 알 수 없지만.

'이게 통할 줄 알고 있었지.'

아라는 신기한 얼굴로 맥스의 머리를 계속 어루만진다. 혁준은 이미 그녀가 동물을 좋아한다는 사실을 알고 있었다.

물론 무게 3톤짜리 드라군과 4kg의 고양이와는 큰 갭이 있었지만 말이다.

혁준은 먼저 드라군에 탑승했다. 그리고 손을 내밀면서 말했다.

"자! 내 손 잡아."

드라군에 태워줄 요량이었다. 하지만 진아라는 고개를 저었다.

"괘… 괜찮아요. 저 혼자 갈 수 있어요."

그렇게 말하고는 은근슬쩍 도망가려고 한다. 하지만 강혁준은 이대로 보내줄 생각은 없었다.

–맥스.

드라군은 혁준의 의도를 알아차렸다. 뒤돌아선 그녀의 옷 뒷자락을 살며시 문다.

"꺄……."

드라군에게 그녀의 몸무게는 가벼운 편이다. 단번에 들어

올려서 자신의 등허리에 올려놓는다.

"이게 무슨……?"

"자 출발한다."

반론은 허용하지 않았다. 강혁준의 말이 끝나자마자 드라군이 날아오른다.

"아앗……."

순식간에 땅과 멀어진다.

휘이이잉…….

시원한 바람이 세차게 불어왔다. 아찔한 것도 잠시 상쾌한 기분이 들었다.

"……."

판데모니엄이 진행되고 난 후, 인류가 살던 도시의 모습은 크게 변화되어 있었다.

가장 눈에 띄는 변화는 무너진 도시를 감싸고 있는 식물들이다. 여러 재해로 인간 수 자체가 줄어들었다. 사람의 손길이 닿지 않자 그 공간을 식물이 차지한 것이다.

콘크리트 사이를 헤집고 억세게 자란 식물로, 도시는 그 자체로 거대한 식물원이 되어 있었다.

"대단하군요."

인류가 쇠퇴했다는 증거였지만, 그것과는 별개로 장관이기도 하다. 간혹 멀지 않은 균열에서 새로운 크립이 분출하기도 한다. 그런 곳은 머지않아 데몬의 새로운 서식

처가 되기도 할 것이다.

펄럭…. 펄럭…….

어느새 스트롱홀드의 지배 구역에서 벗어났다. 그리고 혁준이 제일 먼저 점령한(?) 광산 마을에 도달했다.

진아라는 얼른 바닥에 착지했다. 드라군을 탄다는 것은 진귀한 체험이었지만, 무섭지 않다면 거짓말이다. 그럴 일은 없겠지만 만약 떨어지면 뼈도 못 추릴 테니.

'오늘 데이트는 여기까지인가? 그래도 애프터 신청은 해야겠지.'

강혁준은 목소리를 가다듬고 말했다.

"3일 후, 이곳에 있을 테니. 그쪽 의견이 정리되면 여기로 와."

강혁준은 그렇게 말하고 다시 떠나려고 했다.

"저… 저어기…."

아라가 수줍은 얼굴로 말한다. 혁준은 뒤를 돌아보며 되물었다.

"응?"

"오늘 고마웠어요. 정말로."

"천만에."

그것을 마지막으로 드라군은 다시 하늘 위로 솟구쳤다. 하늘 위에서 혁준은 잠시 아래를 돌아보았다.

보이지 않을 때까지 손을 흔드는 여인이 있었다.

⚜

지하철 내부 안.

진아라의 복귀는 가디언 모두에게 고무적인 일이었다. 대원들의 안전한 탈출을 위해 위험을 떠맡았던 그녀다. 특히 작전에 참여했던 가디언들은 그녀를 버리고 갔다는 죄책감에서 어느 정도 해방될 수 있었다.

게다가 아라가 가지고 온 또 하나의 소식은 가디언 내부에서도 큰 파문을 일으켰다. 바로 피스메이커에 관한 것이다.

그로 인해 가디언 내부에서도 회의가 열리게 되었다. 가디언의 리더는 이종혁이지만, 그라고 모든 결정권이 있는 것은 아니다. 조직의 큰일을 결정할 때에는 종혁을 포함한 수뇌부 5명 중 과반수 이상의 동의가 있어야 했다.

"모두 참석하신 것 같으니 진행하겠습니다. 아시겠지만 오늘의 주요 안건은 '피스메이커'에 관한 것입니다."

이종혁은 안경을 추켜올리며 말을 이었다. 언뜻보면 평범한 샌님처럼 보이지만, 그가 없었다면 가디언 자체가 존립하지 않았을 것이다.

"저도 이야기는 들어서 알고 있어요. 그가 이번에 우리 요원에게 큰 도움을 주었다면서요?"

전직 간호사이자 치료 병동을 책임지고 있는 배소영 실장이었다. 단순한 고집인지는 잘 모르나 늘 간호사 복장을 고수했다. 직업의 영향일까, 각성을 하자 치유 특성을 습득한 여자다.

배소영 실장의 질문에 이종혁이 고개를 끄덕였다.

"안 그래도 이번 회의에 그녀를 참석토록 했습니다."

그의 말이 끝나자 문이 열린다. 거기에는 다소 긴장된 표정의 진아라가 서 있었다.

"들어와요. 아라양."

종혁은 사람 좋은 미소를 지었다. 진아라는 고개를 숙이고는 회의실에 입장했다.

"유일하게 그와 접촉한 요원입니다. 그에 관해서 설명해주실 수 있나요 진아라양?"

"네. 그는……."

그녀의 입에서 강혁준에 관한 설명이 흘러나왔다. 이름부터 시작해서 생김새와 그의 성격에 대해서 말이다.

"가진 실력만큼이나 오만한 성격이군."

신입 각성자들을 통솔하고 훈련을 책임지는 김백두가 한마디 거들었다. 젊을 적, 유도 선수로 이름을 날렸지만 부상으로 꿈을 접었다. 후에 경찰관 시험을 치르고, 강력반 형사가 되었다. 그는 강혁준에 대해서 탐탁치 않는 태도를 보였다.

"오만하든 겸손하든 우리에게 큰 기회가 될 겁니다. 적어도 인간 같지 않은 스트롱홀드를 무찌르려고 하지 않습니까?"

가디언의 각종 보급을 책임지는 김민철 소장이 말했다. 배불뚝이에 머리가 벗겨진 40대 남성으로서 중소 상사를 운영했던 사장님이었다. 그는 강혁준에 대해서 매우 긍정적인 시선을 가지고 있었다.

"글쎄요. 오히려 그의 저의가 의심됩니다만? 그가 제 2의 피각수가 되려는 건지 누가 알겠습니까?"

누군가 김민철 소장의 의견에 반대를 보내는 자가 있었다.

5인의 임원 중 제일 젊지만, 그가 가디언 내에서 가지는 비중은 엄청났다. C등급의 각성자로서, 데몬을 사냥하는 헌터 팀의 리더라는 직책은 누구도 무시못할 발언권을 만들어낸 것이다.

"정균 선배. 그가 약간 제멋대로인 건 맞지만, 악한 사람은 아니었어요."

진아라가 변호를 하려고 나섰다. 하지만 그것은 김정균의 배알을 더 뒤틀리게 만들었다.

"너야말로 정신차려. 위험한 괴물을 수족처럼 부린다면서? 나는 그런 인간을 믿을 수 없다."

김정균을 고개를 돌려서 모두에게 호소했다.

"저는 그자와 접촉하는 것부터 반대합니다. 어차피 우리에게는 대의가 있습니다. 많은 사람들도 우리 뜻에 동조하고 있지 않습니까? 한낱 나부랭이의 도움 없이도 충분히 뜻을 이룰 수 있습니다."

정균은 열변을 토해냈다. 사실 그가 맹렬하게 혁준을 싫어하는 것에는 따로 이유가 있었다.

"선배……."

진아라가 안타까운 표정으로 그를 바라보고 있었다.

'빌어먹을 놈. 감히 나의 아라를 건드려?'

김정균은 질투로 활활 타오르고 있었다. 아라와 그는 대학 선후배 사이였다. 그가 스트롱홀드에 가입하지 않고 가디언에 있는 이유는 간단했다.

그가 진정으로 아라를 사랑했기 때문이다. 물론 도를 넘어서는 집착에 가까웠지만. 겉으로는 자상한 선배를 잘 연기하고 있었다.

'하필이면…….'

아라가 혁준에 대해서 말할 때면 묘하게 목소리가 들떠 있었다. 게다가 입가에 뜬 미소를 보면, 분명 그녀는 혁준에게 호의가 있는 것이 분명했다.

'무슨 일이 있어도 넌 나의 것이 되어야 해. 무슨 일이 있어도!'

김정균의 질투가 폭발한다. 열변을 토하고 있지만 반면에 나머지 임원들의 반응은 싸늘한 편이다.

'쟤 또 저러네.'

'아라랑 관련되면 물불을 안 가리는군.'

'쯧쯧. 실력은 좋은데 멘탈이 문제야.'

임원들은 김정균보다 적어도 10년 이상은 더 오래 산 인생선배들이다. 그가 왜 저렇게 오바하는지 이미 다 알고 있었다.

'하지만 정균의 말이 옳은 부분도 있다.'

그런 생각을 한 이는 가디언의 수장 역할을 맡고 있는 이종혁이었다. 강혁준은 많은 이들의 주목을 받고 있었다.

혜성처럼 나타나 악인을 무찌른다. 그리고 고통 받던 사람들을 구원해준다. 영화나 만화의 멋진 한 장면으로 손색이 없다.

'하지만 그는 인간이다.'

제 아무리 강한 힘을 가지고 있다 하더라도 그 알맹이는 불완전한 인간이다. 역사적으로 살펴보더라도 혁명군의 수장이 결국 독재자가 되어 약자를 핍박하는 예가 얼마든지 있다.

'그것은 나 역시 마찬가지고.'

그렇기에 그는 가디언의 권력을 일부러 양분했다. 다소 비효율적이지만, 미래를 생각하면 옳은 판단이라고 여기고 있었다.

'아무리 강력한 초인일지라도, 시스템 아래에 존재해야 해.'

그것이 이종혁의 지론이었다. 하지만 그렇게 하기 위해서는 먼저 강혁준을 직접 만날 필요성이 있었다.

“자 그럼. 일단 그와 접촉할 것인지 투표를 진행해보도록 합시다. 찬성하는 자는 손을 들어주십시오.”

말이 끝나자 정균을 제외한 나머지 4인이 동시에 손을 들었다.

‘스트롱홀드를 쓰러뜨리기 위해서라면 찬밥 더운밥 가릴 처지가 아니지.’

그것이 임원들의 공통된 생각이었다. 반면에 김정균은 화가 났지만 어쩔 수 없었다. 과반수에 의해 결정난 사항은 이종혁이라고 하더라도 바꿀 수 없기에.

“좋습니다. 그럼 그에 관한 처우에 대해서 이야기해보죠.”

회의는 쉽게 끝날 기미가 보이지 않았다.

⚜

그 시각.

강혁준은 바쁜 하루를 보내고 있었다. 그가 드라군을 타고 날아간 곳은 지금은 폐허가 된 미군 기지였다.

“꾸어어어어…….”

귀가 찢어질 것 같은 소음이 그곳을 지배한다.

“시끄러.”

강혁준은 벨로시카로 그 놈을 강하게 베어 넘긴다.

스으걱!

흘러내리는 살덩이가 잘린다. 다만 그 상처가 너무 얕다.

"쳇……."

혀를 차는 강혁준.

지금 그가 사냥하고 있는 존재는 시브리엑스라고 하는 데몬이었다. 웬만한 데몬은 강혁준의 손에 10초도 넘기지 못한다. 하지만 이번 경우는 특별했다.

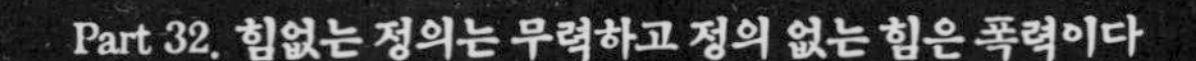

Part 32. 힘없는 정의는 무력하고 정의 없는 힘은 폭력이다

데몬은 오로지 강자존의 법칙에 따른다. 오래 살아남을 놈일수록 강하다는 뜻이다. 그런 의미로 500년 이상 살아온 녀석을 데몬프린스라고 불렀다.

데몬프린스가 비록 무리를 이루지는 않지만 각각의 개체 하나만으로 지옥의 생태계를 뒤흔드는 막강한 존재였다.

허나…….

"꾸어어억!"

강혁준의 참격에 비명을 지르는 시브리엑스의 모습이 애처롭다. 그것은 공포에 질려서 어떻게든 강혁준에게 도망치려 했다.

다만 막강한 시브리엑스가 처음부터 이렇게 망가진 건

아니었다. 강혁준을 만나기 전, 그는 이 일대를 지배하는 막강한 데몬프린스였다.

고약한 악취를 풍기며 대기 중에 나태하게 떠 있는 시브리엑스의 생김새는 커다란 머리로밖에 보이지 않는다. 하지만 그것은 존재만으로 인간의 정신을 붕괴시키는 피어를 뿜어낸다.

그뿐만이 아니다.

시브리엑스는 아스트랄계에 경계에 서 있는 괴물이다. 마음만 먹으면 그는 투명해질 수 있으며, 게다가 육체 자체가 아스트랄계와 연결되어 있기에 데미지 경감 효과를 받는다.

시브리엑스가 배를 채우는 방법은 간단하다. 자신보다 약한 피조물을 정신으로 억압해서 스스로 입속으로 기어들어가게 만드는 것이다.

"꾸어어억."

다만 그의 막강한 정신 에너지도 강혁준에게만은 무용지물이었다. 오히려 시브리엑스는 그의 눈가에 서린 투기에 몸을 떨어야 했다.

"정신 지배는 별거 아닌데. 빌어먹을 아스트랄 능력은 정말 짜증나는군."

회귀 전, 지옥의 대군주들과 맞다이를 뜨던 혁준이다. 고작 격이 떨어지는 데몬프린스의 정신 지배에 당할 리가 없다.

다만 문제는 아스트랄이다. 영계와 접속하고 있는 것만으로 물리저항이 아득하게 높아진다. 강혁준의 가공할만한 능력으로도 시브리엑스를 단번에 잡는 건 불가능한 일이었다.

'노가다도 이런 노가다가 없겠다.'

강혁준은 깊게 한숨을 쉰다. 분명 단번에 때려잡는 것은 불가능하나 아주 조금씩 딜이 박히고 있었다.

'졸지에 숟가락 살인마가 되었군.'

치명타는 아니지만 데미지는 조금씩 누적되고 있었다.

"제발 좀 죽어주라."

혁준은 간곡한 표현으로 부탁한다. 반면에 일방적으로 두드려 맞는 시브리엑스도 미칠 것 같았다.

치명타는 아니지만, 무서운 인간은 쉬지 않고 그를 집요하게 두드려 팬다. 제 아무리 도망가도 인간은 끝까지 쫓아왔다.

고문도 이런 고문이 없는 것이다.

"……."

"……."

해가 저물고 달이 떠오른다. 하지만 강혁준은 쉬지 않고 작업에 열중했다.

"꾸어어억……."

밤새도록 처절한 비명이 울려퍼진다. 이윽고 동이 트고 따스한 햇빛이 그와 시브리엑스를 비춘다.

"헉…. 헉……."

천하의 강혁준도 이틀 밤낮동안 검을 휘두르면 지치게 마련이다. 그렇지만 성과가 없는 것은 아니었다.

시브리엑스의 거대한 머리통이 대지에 처박혀져 있었다. 혓바닥을 볼품없이 내밀고 있었고 실핏줄이 터진 눈알은 붉게 충혈되어 있었다.

놈의 사인은 놀랍게도 신경 쇠약이었다. 쉬지 않고 때리는 바람에 결국 육체보다 정신이 견디지 못한 것이다.

인내는 쓰지만 열매는 달다. 강혁준은 시브리엑스에게서 정수를 취득했다.

–시브리엑스의 정수에서 마력 15, 마법 저항 5를 얻었습니다.

–시브리엑스의 정수에서 스킬 '시브리엑스의 주머니'를 얻었습니다.

[강혁준]

총합 : B등급

능력치

근력: 40

체력: 44

인지력: 68

민첩성: 51

마력: 34

물리 내성: 23

마법 내성: 21

추가된 스킬

시브릴엑스의 주머니(A등급)(액티브)(마력소모:0.1) :소지품을 아스트랄계에 저장할 수 있습니다. 주머니에 물건을 무한정에 가깝게 담는 것이 가능하지만, 꺼낼 때에는 마력 코스트가 필요합니다.

시브릴엑스는 먹이를 저장하는 습성이 있었다. 아스트랄계에 생성된 그의 주머니는 살아있는 것을 제외하고 무엇이든지 담을 수 있었다.

물론 한 번에 담을 수 있는 크기나 무게도 제한이 있었지만 말이다.

떡 본 김에 제사를 지낸다고, 강혁준은 미군 기지에 마련된 무기고로 이동했다.

그곳에는 엄청난 분량의 화기가 있었다.

강혁준은 곧바로 시브릴엑스의 주머니를 개방시켰다.

지이이이이…….

낮은 진동과 함께 허공에 틈이 생겼다. 강혁준은 손을 들어 그것을 강제로 벌였다.

"좋아. 그럼 챙겨볼까?"

강혁준은 그 많은 무기를 쓸어 담기 시작했다. 권총, 샷건, 라이플 등등 다양한 종류를 습득했다. 그뿐만이 아니다.

각종 폭발물과 탱크 포탄까지 챙긴 것이다.

'덕분에 폭죽놀이는 원 없이 할 수 있겠군.'

⚜

김정균은 입술을 깨물었다. 일이 잘 안 풀리거나 마음에 안 드는 일을 할 경우 그런 습관을 가지고 있었다.

그들은 광산 마을에 있는 강혁준을 만나기 위해 길을 나서는 중이었다. 원래 진아라와 몇몇의 가디언들만 가기로 되어있었지만, 도중에 김정균이 합류했다.

'아라에게는 접근조차 하지 못하게 만들겠어.'

반면에 진아라의 표정도 그리 밝지는 않았다. 가디언의 상층부는 벌써부터 강혁준과 파워게임을 준비 중이었다.

'대체 그게 무슨 상관이람?'

아라는 그 점이 마음에 들지 않았다.

무엇보다 중요한 것은 이 시간에도 핍박 받고 있는 비각성자들이다. 잔혹한 스트롱홀드에 대항해서 서로 힘을 하나로 모아야 하는데, 어떻게 된 모양인지 상대를 견제할 생각만 가득하다.

이윽고…….

광산 마을에 도착했다. 강혁준이 휩쓸고 간 후, 그곳은 아무도 살지 않는 폐허가 되었다.

"아무도 없습니다."

사람을 시켜 주변을 정찰시켰다. 하지만 강혁준은 자리에 있지도 않았다.

"흥……. 말만 번지르르하게 도망간 모양이군."

김정균은 비꼬는 목소리로 말했다.

"시간까지 정해 놓은 건 아니니까요. 조금 기다려 봐요."

진아라의 말에 부아가 치밀지만, 내색하지 않았다. 괜히 싫은 모습을 보이면 속 좁은 남자로 보일 수도 있기 때문이다.

얼마 지나지 않았을 때였다.

"저거 봐!"

대원들 중 하나가 하늘을 가리킨다. 처음에는 작은 점이었지만, 그것은 점점 커졌다. 이윽고 모습을 드러낸 것은 자유롭게 하늘을 누비는 비룡이었다.

"모두 진정해요."

진아라가 혼란스러워하는 대원들을 진정시킨다. 혁준이

드라군을 타고 다닌다는 사실을 미리 주지시켰음에도 허둥지둥거리고 있었다.

쿵!

드라군이 착지를 하자 땅이 들썩거린다. 거대한 중량을 보면 어찌 그렇게 하늘을 나는지 신기해보일 지경이다.

'꿀꺽.'

'맙소사. 도대체 저걸 어떻게 길들인 거지?'

'근데…… 멋지긴 하네.'

"미안. 내가 조금 늦었지."

진아라에게 다가가서 사과를 건넨다. 진아라는 고개를 저으며 대답했다.

"아니요. 어차피 시간을 정하고 만난 것도 아닌데요."

그렇게 인사를 나누고 있는데, 둘 사이를 끼어드는 자가 있었다.

"만나서 반갑습니다. 아라의 대학 선배 김정균입니다."

바로 김정균이었다. 그는 손을 내밀어 악수를 청한다. 혁준은 아무 생각 없이 그의 손을 잡았다.

"강혁준입니다."

김정균은 예의바른 태도로 임했다. 마음 같아서는 확 주먹부터 날리고 싶지만. 그 점에서는 무조건 참아야 했다.

'이 놈. 더럽게 싸움은 잘 한다고 했지.'

드라군을 타고 스트롱홀드를 밥 먹듯이 처리하고 다니는 파괴신과 같은 녀석이다. 그런 재앙과 동급인 혁준을 대놓고 척을 지는 행동은 멍청이나 할 짓이다.

"다른 분들이 기다리고 있습니다. 얼른 움직이지요."

"그럽시다."

혁준은 쿨하게 고개를 끄덕였다.

'모든 것은 계획대로.'

최대한 그의 옆에 붙어서 아라와의 접근을 막는다. 그것이 그의 목표인 셈이다.

⚜

그 이후.

회견 장소로 가는 도중에도 김정균은 끈질기게 붙어서 대화를 시도한다. 약간 귀찮은 면도 있지만 나름 성실하게 대답해주었다.

'가디언을 키워야 하니까. 어쩔 수 없지.'

스트롱홀드를 정리하면 누군가는 이 땅을 점령해야 한다. 강혁준은 그 일을 가디언에게 맡길 생각이었다.

"정말 대단하군요. 저 괴물을 다스리다니. 존경심까지 드네요."

김정균은 마음에도 없는 말을 쏟아낸다. 반면에 강혁준

은 그의 태도에 그만 착각을 하고 말았다.

'내 팬이라도 되는 건가?'

좋다고 달려드는데, 화를 낼 수도 없다. 하는 수 없이 성의 없이 고개만 끄덕여준다.

다만 아라는 그것을 신기하게 쳐다보았다.

'정균 선배. 분명 혁준씨를 싫어하는 것 같던데…….'

"여기가 회견 장소입니다."

김정균이 손을 들어서 말했다. 거기에는 반쯤 무너진 볼링장이었다.

"여기라면 아마 어떤 방해도 없을 겁니다."

강혁준은 고개를 끄덕였다. 건물 주위에는 가디언 요원들이 경비를 서 있었다.

"어서 오게나."

입구에서 그들을 맞이하는 자가 있었다. 바로 강력계 형사였던 김백두였다. 그는 날카로운 눈초리로 강혁준을 살폈다.

'피스메이커가 이런 애송이라고?'

그는 살면서 여러 사람을 상대했었다. 그러면서 한 가지 고정관념을 가지게 되었는데. 그것은 바로 사람은 생긴 대로 산다는 것이다.

'하지만 가끔 이런 별종이 있다니까.'

그런 반면에 강혁준의 용모는 평범했다. 물론 코가 시원하게 뻗어있고 눈매가 강렬한 것이 잘 생긴 편에 속하긴 한다. 위험한 범죄자의 상과는 거리가 멀었다.

"따라오시구려."

그의 안내에 따라 휴게실로 인도되었다. 그곳에는 넓은 탁자가 있었고, 3 인의 가디언이 자리에 앉아 있었다.

"이렇게 만나서 반갑군요."

종혁이 먼저 악수를 청한다. 혁준은 그가 가디언의 수장이라는 점을 눈치 채었다.

"일단 통성명부터 하죠. 제 이름은 이종혁입니다. 소문이 자자한 피스메이커를 이렇게 만나서 영광이군요."

"강혁준입니다."

짧게 대답했다.

"그리고 여기에는 가디언을 위해서 수고해주시는 분들입니다."

김백두와 김정균은 이미 만나서 알고 있었다. 나머지 배소영, 김민철과 인사를 나누었다.

"일단 편하게 앉으세요."

"괜찮아요. 저는 서 있는 것이 편하니까."

"그러시다면."

자리에 앉은 뒤, 먼저 입을 연 것은 이종혁이었다.

"당신이 이룩해낸 일은 대단합니다. 하지만 한 가지 의문이 드는 점이 있더군요."

혁준은 기다렸다. 이종혁은 약간은 냉정한 말투로 그를 공격하기 시작했다.

"당신은 강한 힘을 가지고 있어요. 다만 그만한 소양을 갖추지 못한 것 같습니다."

"알아듣기 쉽게 말씀하시죠."

혁준은 팔짱을 낀다.

"스트롱홀드를 물리친 후, 마을에 있던 비각성자는 모두 갈 곳이 없어졌어요. 하지만 당신은 그들을 보호해주지 않았죠. 그저 내버려 두었습니다."

혁준은 뭔가 이상한 느낌이 들었다.

"그래서요?"

그는 약간 비틀어진 미소를 지었다. 하지만 종혁은 더욱 가열차게 그 점을 꼬집었다.

"너무 제멋대로가 아닐까요? 자기만족을 위해서 폭력을 휘두르고 있지 않습니까? 아무런 대안 없이 말이죠."

혁준은 실소를 지을 수밖에 없었다.

'자기만족?'

그 말이 너무 같잖게 느껴졌다. 모든 것을 다 바쳐서 인류를 수호했던 남자다. 하지만 돌아온 것은 차디찬 배신이었다. 만약 강혁준이 이기적인 인간이었다면 절대 그런 최후를 맞이하지 않았을 것이다.

"제 말이 틀렸습니까?"

마치 심판이라도 하듯이 소리친다.

"그렇다고 칩시다. 그래서요?"

강혁준은 기다리고 있었다. 그가 모든 것을 쏟아낼 때까지.

"강력한 힘에는 안전장치가 필요한 법입니다. 무법천지가 된 지금이라면 더더욱 말이죠. 관리 되지 않은 힘이란 언제 파멸을 불러올지 모르는 불과 같습니다. 당신뿐만 아니라 주변에 있는 모든 이까지…."

파멸이라? 거창한 단어다.

"우리가 당신을 지도하도록 하지요. 그 힘을 올바르게 사용할 수 있도록 도와드리겠습니다."

어르고 타이르는 투였다. 내키지 않지만 너를 위해서 그렇게 해주겠다는 그런 태도다.

"정말 나를 제어할 수 있다고 생각하나?"

혁준은 더 이상 존대를 하지 않는다. 아니 그렇게 대우해줄 필요가 없었다. 가만히 있으니까 아주 머리 위까지 올라갈 태세였으니까.

반면에 이종혁은 더욱 진한 미소를 지었다. 더 이상 존대를 하지 않는다? 이는 혁준의 가면을 벗길 절호의 찬스라고 생각했다.

"저의 태도에 울화가 치미는 모양이군요? 그저 왕대우를 못 받는 것만으로 기분이 나쁘시잖아요. 최고가 되어야 할 자신에게 가디언이라는 족쇄는 참을 수 없는 오욕이겠지요."

"아니. 나는 화가 나지 않아."

같잖지도 않는 그의 태도가 어이없을 뿐이다.

"착각하는 모습이 너무 안타까워서 그럴 뿐이지."

혁준은 이 땅을 통치할 생각은 개미 눈물만큼도 없었다. 스트롱홀드를 청소한 뒤, 나머지는 가디언에게 맡길 생각이었다.

아무리 생각해도 가디언에게 이득이 되는 상황이다. 하지만 가디언은 그것도 모르고 너무 수를 들여다보았다.

장고 끝에 악수를 두는 법.

그들은 강혁준을 능멸한 것이다.

"내가 한 가지 격언을 말해주지."

이어서 그는 또박또박 말하기 시작했다.

"힘없는 정의는 무력하고 정의 없는 힘은 폭력이야."

그건 통렬한 말이었다. 가디언은 힘이 없는 정의다. 결국 무력하고 쓸모가 없다. 반면에 스트롱홀드는 정의 없는 힘이다. 무자비한 폭력에 의해 수많은 사람이 고통을 받고 있었다.

이종혁은 자리에서 벌떡 일어났다. 그리고 그는 소리쳤다.

"그렇기에 당신은 가디언 아래에 제어되어야 합니다. 그것만이 이곳에 있는 수만 명의 비각성자를 구원할 수 있어요.”

‘수만 명?’

혁준은 코웃음을 쳤다. 고작 수만 명을 위해서 그런 짓을 해야 한다니. 강혁준의 진정한 목표는 인류 전체의 구원이다. 가디언의 스케일은 너무 작아서 혁준에게 전혀 맞지 않았다.

“아까와 똑같은 말을 해야겠군. 당신은 나를 제어할 수 없어.”

“할 수 있습니다.”

이종혁은 자신 있게 이야기했다. 하지만 강혁준은 고개를 저었다.

“아니. 절대 못해.”

그의 말에 분개한 것은 듣고 있던 김백두였다. 나이도 어린 것이 자꾸 말대꾸를 하는 것이 아닌가?

“흥. 그렇게 대단하시다면 혼자서 3000명과 싸울 수도 있겠군. 안 그런가?”

명백한 조롱이었다.

스트롱홀드의 전력을 모두 합치면 3000여가 될 것이다. 그 많은 수의 인원을 혼자서 상대한다? 누가 듣든 미친 짓이라고 여길만하다.

김백두의 일침에는 다른 의도도 포함하고 있었다. 가디

언과 강혁준은 서로 힘을 합쳐야만 뜻을 이룰 수 있다는 우회적인 표현이기도 한 것이다.

"3000명?"

혁준은 그 숫자를 되새긴다. 그리고는 고개를 끄떡인다.

"좋아. 어차피 너희들이랑 말로 해서는 끝이 나지 않을 것 같으니까. 내가 직접 보여주지."

"무슨?"

"3000:1을 보여주겠다는 뜻이다. 너희 가디언이 그런 얕은 수로 나를 재단한 것이 얼마나 무의미한지 철저하게 알려주겠다."

그것은 너무나도 충격적인 말이었다.

'3000명과 싸우겠다고?'

'혼자서? 정말로?'

'제정신이야? 그게 가능할 리가 없잖아.'

모두 어안이 벙벙한 표정이다. 강혁준의 폭탄선언은 계속 이어졌다.

"그냥 처리하면 너희들이 못 믿을 수도 있으니까. 증인도 한 명 필요하겠군."

앉아있던 가디언을 주욱 둘러본다. 그러다가 그의 시선이 김정균에게서 멈춘다.

'이 놈이 나에게 관심이 많았지?'

마치 열렬한 팬처럼 이것저것 물어보던 녀석이다. 그 것에 답례를 해줄 차례였다.

“내가 싸우는 모습을 보고 싶다고 했지?”

“네?”

정균은 얼빠진 모습으로 되묻는다. 하지만 강혁준은 이미 마음을 정했다. 마치 포켓몬이라도 고르는 듯이 말이다.

“특등석에서 감상할 수 있도록 해주지.”

그렇게 말하면서 정균의 뒷덜미를 잡는다.

“헉…….”

“걱정하지 마. 무슨 일이 있어도 안전하게 돌려보내줄 테니까.”

그대로 질질 끌고 나간다. 그 앞을 김백두가 막아서지만 가볍게 튕겨나갔다.

‘윽…… 몸이 무슨 쇳덩이인가?’

뒤늦게 이종혁이 소리쳤다.

“어리석은 짓 하지 말게. 그건 불가능한 일이야.”

강혁준은 나직한 목소리로 대답했다.

“그런 생각이 바로 너희와 나의 차이다.”

강혁준은 그렇게 말한 뒤 창문을 깬다. 이미 창 밖에는 드라군이 대기하고 있었다. 김정균을 먼저 던지자 드라군이 그를 받아서 등에 태운다.

“자 그럼.”

그 말을 마지막으로 강혁준은 저 먼 곳까지 날아가 버렸다.

"이… 이거 어떻게 하죠?

김민철 소장이 얼떨떨한 표정으로 묻는다. 하지만 이종혁이라고 마땅한 방법이 있는 것은 아니다.

"설마……."

이종혁은 깨진 창문 너머를 하염없이 바라볼 뿐이었다.

⚜

다음 날.

스트롱홀드는 발칵 뒤집어졌다. 강혁준에게서 생각지도 못한 도전장을 받았기 때문이었다.

"똑바로 서봐."

피각수는 화가 나서 소리쳤다.

"네… 넵."

스트롱홀드의 똘마니는 허리를 쭉 폈다. 그는 상반신을 탈의한 상태였는데, 등 뒤에는 칼로 그은 상처가 글씨를 이루고 있었다.

-해가 중천에 뜨면 찾아가마. 목을 씻고 기다려라. 이왕이면 한꺼번에 처리하기 좋게 다 모여 있으면 좋겠네.

"빌어먹을 개 자식이!"

피각수는 참지 못하고 주먹을 내지른다. 그것은 서신 역할을 하던 남자의 등을 뚫고 지나갔다.

"크헉!"

단번에 절명한다. 하지만 피각수는 끓어오르는 화를 참을 수가 없었다.

"어… 어떻게 할까요?"

수하 한명이 황당한 표정으로 묻는다.

"흥. 바라던 대로 놈을 맞이해주도록 하지. 밖에 있는 애들 다 불러모아."

"넵 알겠습니다."

피각수는 이를 갈았다.

'너의 그 만용이 스스로의 목을 조를 것이다.'

⚜

해가 중천까지 떠오른다.

강혁준은 콧노래를 흥얼거리며 싸움을 준비했다.

철컥!

미군기지 안에 있던 무기를 하나씩 꺼내며 점검을 했다. 의미 있는 행동은 아니었고 그저 시간을 때우는 그만의 방법이었다.

"잠… 잠깐만요. 절대 혁준님의 능력을 의심해서 그러는 것이 아니구요. 굳이 제가 같이 있을 필요성이 있겠습니까?"

졸지에 싸움터에 같이 따라온 김정균이 저자세로 호소하고 있었다. 하지만 강혁준은 고개를 저으며 말했다.

"그리 오래 걸리진 않을 거야. 그러니까 너무 빼지 말라고."

강혁준은 싱긋 미소를 지으며 말한다.

'빌어먹을 그게 아니라고.'

김정균이 보기에 혁준은 미쳐도 아주 단단히 미친놈이었다. 단신으로 3000명에 육박하는 스트롱홀드와 맞짱을 뜨겠다니.

이러다가 자신도 죽을 목숨이라고 여긴 정균은 다시 목소리를 높였다.

"무서워서 그러는 것이 아니라. 방해가 될까봐서요. 그러니까 제발 저 좀 풀어주세요."

강혁준에 의해 그는 단단하게 포박되어 있었던 것이다. 하지만 강혁준은 고개를 절레절레 흔들면서 말했다.

"너 너무 시끄럽다."

그리고는 와서 천 조각으로 입까지 막아버린다.

"읍… 읍……."

"이제 좀 낫군."

김정균의 소망은 진아라로부터 그를 멀리 떨어뜨리는 것

뿐이었다. 하지만 그의 뒤틀린 욕망은 결국 후회만을 낳을 뿐이었다.

'제발 살려만 주세요. 흑… 흑…….'

죽을 위기에 처하자 사랑했던 여인이고 뭐고 다 필요 없다. 똥 밭을 굴러도 이승이 훨씬 더 좋은 법이니까.

"자 슬슬 가볼까?"

강혁준은 자리에 일어섰다. 애당초 스트롱홀드의 본부와 그리 멀지 않은 곳에 있었다.

이윽고…….

"와아아아……."

"와아아아……."

함성을 부르는 3000명의 전사와 마주했다. 그것은 일대 장관이었다.

피각수는 오늘을 대비해서 다량의 마약을 풀어놓았다. 각성자 무리들은 군중 심리와 마약, 그리고 신격화 스킬로 인해 광란상태에 빠져들게 되었다.

쉽게 말해 그들은 죽음을 두려워하지 않는 버서커가 된 것이다.

"내가 너희들을 천국으로 인도해주마!"

피각수의 선언아래 수많은 자들이 환호를 지른다.

바라보는 것만으로 기가 질릴 정도다. 하지만 강혁준은 가볍게 몸을 풀면서 그들에게 다가간다.

성난 군중의 이글거리는 시선이 강혁준을 찌른다. 하지만 그는 담담한 표정으로 그들을 내려다볼 뿐이다.

'슬슬 시작해볼까?'

바야흐로 3000:1이라는 전설이 시작되려하고 있었다.

Part 33. 3000대 1

'오랜만이군.'

적의에 찬 시선들이 쏟아진다. 3천이라는 대군과 마주선 혁준의 얼굴에 두려움은 찾아볼 수 없다. 그는 오히려 이 상황을 즐기고 있었다.

투쟁.

그것은 강혁준이라는 인간을 가장 잘 표현하는 단어였다. 회귀 전에도 그러했고, 지금도 마찬가지다. 애당초 삶의 방식이란 쉽게 변하지는 않는 법.

누구 되었든 자신의 앞을 막는다면…….

'부숴버린다.'

어쩌면 강혁준은 처음부터 이런 순간을 기대했을지도

모른다.

'아드레날린 러쉬.'

그는 전투에 들어가기 앞서서, 먼저 고유 특성을 발휘했다. 압도적인 수적 열세에도 자신만만할 수 있는 결정적 이유.

쏴아아아…….

혁준이 인지하는 시간과 공간은 일반인의 그것과 천지차이다.

바람에 작게 흔들리는 풀잎.

지랄발광을 떠는 각성자 상두박근의 떨림.

마지막으로 PSG-1으로 그를 저격하려는 각성자의 호흡까지!

그의 망막 안에 그 모든 것이 또렷하고 선명하게 자리 잡혔다.

탕!

7.62mm의 나토탄이 발사되었다. 600m 거리를 날아가는데에 걸린 시간은 불과 0.7초.

팟!

허나 총탄은 허무하게 땅에 박힌다. 그저 고개를 살짝 기우는 것으로 피해낸 것이다.

'거…… 거짓말!'

저격수는 두 눈으로 보고도 믿을 수가 없었다. 분명 방아

쇠를 당길 때만 하더라도 미동조차 하지 않았다.

그렇다는 말은 총탄의 궤적을 읽기라도 했단 말인가?

"응?"

하지만 그의 의문은 그리 오래가지 못했다.

반짝!

스코프 너머로 무언가 빛이 반사된다. 짧은 시간이 지나고 그것이 무엇을 의미하는지 알았을 때에는 저격수는 이 세상 사람이 아니었다.

퍼걱!

스코프를 꿰뚫은 총탄은 그의 안구를 파괴하고 뇌를 믹스시켜버린다. 마치 스프링처럼 뒤로 튕겨나간 그는 다소 요란하게 바닥을 뒹굴었다.

털썩!

나름 사격에 두각을 나타내던 저격수는 그렇게 혁준의 첫 희생자가 되고 말았다.

'하나.'

강혁준은 셈을 시작했다.

그의 손에 들린 총기의 이름은 M82.

흔히 바렛이라고 불리우는 총기로 우수한 사정거리와 뛰어난 위력으로 이름이 높다. 보통은 삼각대가 부착되어 있어서 바닥에 고정해서 쏘는 저격총기였지만…….

강혁준은 마치 람보처럼 양손에 각각 바렛 하나씩을 들고 있었다. 흔히들 실용성이라고는 쥐뿔도 없다는 아킴보(Akimbo) 방식이었다.

영화나 게임에서는 그저 멋있다는 이유만으로 쌍권총을 쓰는 경우가 있지만, 조준과 견착이 불편해서 명중률이 급하락 한다. 게다가 재장전은 말할 것도 없이 오래 걸리고 무척 어렵다.

게다가 아킴보를 하더라도 대게는 다루기 쉬운 권총을 쓰는 편이나, 그는 무려 14kg이 넘어가는 바렛으로 총잡이 놀이를 하고 있었다. 쉽게 말해서 상식과는 아주 담을 쌓은 행동이건만,

팡! 팡! 팡팡!

강혁준은 아무렇게나 사격을 가한다. 그에게 있어서 스코프는 불필요한 악세서리다. 그럼에도 정확도는 귀신이 울고 갈 정도다. 발사할 때마다 저격수의 인생이 끝장났다.

퍼억!

수백 미터 떨어진 저격수의 머리가 순식간에 터져나간다.

"히익!"

옆에 있던 부사수가 기겁한다. 찝찝한 액체가 그의 얼굴에 튀었기 때문이다.

'먼 거리에서 어림잡고 쏘는데 그걸 맞춘다고?'

말 그대로 곡예나 다름없다. 동료의 죽음에 그는 완전히 기죽고 말았다. 차라리 이렇게 머리를 숙이고 목숨을 보전하는 것이 옳다. 하지만 그건 그의 착각이었다.

바렛의 탄환은 소총급에서도 최고 위력인 12.7mm BMG를 사용한다. 애당초 헬기나 차량의 엔진블럭을 파괴할 정도로 위력이 강한 것이다.

콘크리트 블록 따위는 쉽게 뚫어버릴 힘을 가지고 있었다.

퍼억!

숨어있던 부사수의 머리통까지 뚫어버린다.

'스물…….'

바렛은 10발짜리 대형 탄창을 사용한다. 그 말인즉 양손에 있던 탄창을 모두 비워내는 동안 단 한발도 빗나가지 않았다는 뜻이다. 혁준은 탄창이 비어버린 총을 아무렇게 바닥에 던져버린다.

텅! 텅!

원래라면 클립을 빼내서 새것으로 장전해야 한다. 하지만 강혁준은 그리 한가한 성격이 아니었다.

지이이잉!

아스트랄과 연결된 주머니에서 새로운 바렛을 꺼낸다. 탄창을 갈아끼울 필요는 처음부터 없었다. 그냥 미리 장전된 것을 주머니에서 빼내면 되니까.

팡! 팡팡!

신들린 사격이 계속 유지되었다. 또 다시 피보라가 일었다.

'마흔 둘.'

그것은 저격수의 숫자를 모두 합친 수였다. 천하의 강혁준이라고 하더라도 저격은 까다롭다. 그렇기에 일부러 맞저격을 해서 모두 처리해버린 것이다.

"시바 저거 사람새끼 맞냐?"

피각수는 기가 차서 소리쳤다. 나름 인지력을 올려주는 정수만 모아서 키운 저격 부대다. 그걸 모조리 처치하는데 걸린 시간은 고작 3분도 되지 않는다.

"어떻게 할까요?"

"내가 그걸 일일이 알려줘야 하나? 숫자로 밀어붙여."

"네… 넵!"

피각수 서슬 퍼런 명령에 곧바로 다음 작전을 하달한다.

푸쉬시시식!

부하가 허공에 신호탄을 날린다. 붉은 섬광탄이 하늘을 수놓는다. 백인대 대장이 그걸 보고 명령을 하달한다.

"가자. 애들아."

스트롱홀드의 대다수는 F나 E급의 각성자다. 능력으로 따지면 강혁준의 상대가 될 리가 없다. 허나 그들은 신격화 스킬에 의해서 앞뒤 구분이 안 가는 상태다.

"피각수!"

"피각수!"

"그 분이 우리를 천국으로 인도하실 것이다."

눈이 반쯤 뒤집힌 각성자 무리는 앞으로 돌진하기 시작한다. 일반인이라면 대략 1500명이 넘어가는 숫자가 자신을 향해 달려오는 것만으로 심히 압박이 될 것이다.

피각수는 그것을 만족스럽게 지켜보았다.

지금 돌진하고 있는 이들은 버리는 패였다. 오히려 죽어줌으로 강혁준의 체력을 조금이라도 깎을 수 있다면 대만족이다. 그리고 거기에는 치명적인 함정이 숨어있었다.

'피스메이커, 내 선물을 맛보아라. 크크크…….'

피각수는 잔인한 미소를 지었다.

고유 특성 중 발화 능력을 가진 이를 모아서 피각수는 데몰레이션 맨이라는 칭호를 그들에게 내려주었다. 쉽게 말해 다이너마이트를 온 몸에 두르고 적과 함께 폭사하는 역할을 맡은 자였다.

데몰레이션 맨은 언뜻 보기에 평범한 각성자나 다름없다. 무리에 섞여 있다가 적과 근접하면 그는 한시도 머뭇거리지 않고 자폭을 감행할 것이다. 설사 죽더라도 피각수의 축복아래 길이 기억될 것이기 때문이다.

–맥스.

강혁준은 자신의 애완 악마를 부른다. 이미 근처에서 대기하고 있었기에 곧바로 호출에 응한다.

"쿠아아악!"

평소와 다른 점은 드라군의 두 손에는 수류탄 가방이 들려있다는 점이다.

–떨어뜨려. 맥스.

미군 기지에서 챙겨온 수류탄이었다.

달칵!

맥스는 작은 손톱으로 안전핀 다발을 용케 제거한다. 그리고 1차 세계 대전의 폭격기처럼 직접 떨어뜨리는 방식을 취한 것이다.

콰콰광! 콰쾅!

여러 발의 수류탄이 땅에서 터진다. 그것에 휘말린 각성자들은 크나큰 부상을 다했다.

"내 다리가 으으윽……."

"하느님 맙소사."

각성자는 하늘에서 떨어지는 공격에 얼이 빠졌다. 허나 심리적인 타격을 받았을 뿐, 폭발에 휘말린 자가 그리 많은 건 아니었다.

드라군 역시 처음 시도하는 폭격이기에 미숙한 것이 당연하다. 오히려 빗겨맞춘 것만으로 혁준은 맥스를 칭찬해 주고 싶었다.

"멍청한 놈들아. 얼른 일어나라!"

"하… 하지만."

탕!

백인장이 겁먹은 놈의 머리를 쏴버린다. 그리고 외쳤다.

"우리는 자랑스런 스트롱홀드다. 누구든지 내빼는 개자식이 있으면 내가 친히 처형해주마."

적은 꼴랑 하나다. 백인장은 어떻게든 접근해서 집단린치를 가하면 이길 수 있다는 계산을 하고 있었다.

"도올격어억!"

적어도 아군 총에 죽고 싶지 않다. 그것이 스트롱홀드 각성자의 공통된 마음이었다. 그들은 있는 힘껏 혁준을 향해 돌격한다.

"부나방 같은 놈들."

맥스의 폭격으로 각성자의 돌진을 약간이나마 저지시켰다. 그리고 그 시간동안 혁준은 놀고만 있지 않았다.

그는 아스트랄계 차원에서 지름 155mm에 길이만 8m에 달하는 봉을 꺼내었다.

"저게 뭐지?"

멀리서 망원경으로 지켜보던 피각수가 그걸 보며 묻는다. 하지만 밀리터리에 무식한 것은 부하들도 마찬가지다.

"글쎄요? 무식하게 커다란 철봉인데……. 저걸 휘두르려는게 아닐까요?"

“제 생각에도 그렇습니다. 생각하는 것이 아주 원시인이나 마찬가지입니다.”

허나 크나큰 오해였다. 강혁준이 꺼낸 것은 바로 자주포의 포신이었다. 어차피 전자기 종말로 탱크를 끌고 다닐 수는 없었다. 하지만 포신과 포탄만 있다면 강혁준은 스스로 인간 자주포가 될 수 있었다.

‘크래그의 촉수.’

촉수가 포신을 감싼다. 무거운 중량이지만 무리 없이 그것을 고정시킨다. 미리 준비한 포탄과 장약을 꺼내어 포신 안에 밀어 넣는다.

“퉤!”

혁준은 자신의 두 손에다가 침을 뱉는다. 이제부터 자주포탄의 장약을 터뜨리기 위해서는 어마어마한 압력이 필요하다. 강혁준은 오함마를 내려쳐서 장약을 격발시킬 예정이었다.

부우웅!

텅!

그의 근력은 40점이나 된다. 장약을 터뜨리기에는 충분한 힘이다.

퍼어엉!

장약이 터지면서 거대한 압력이 포탄을 밀어 올린다. 허나 생각보다 강한 반동 때문일까?

'이런 빗나가겠다.'

첫 시도인데다가 순간적으로 촉수가 느슨하게 풀렸다. 덕분에 포탄이 엉뚱한 방향으로 날아갈 것 같았다.

'가이디드 미사일!'

얼마 전에 얻은 고유 특성이다. 투사체라면 설사 빗나가는 것이라도 탄도를 조정할 수 있다. 다소 어설펐던 조준이었지만 '가이디드 미사일'를 통해 정밀 타격해버렸다.

이윽고 지름 155mm에다가 40kg이 넘는 고폭탄이 대지와 접촉했다.

콰콰쾅!

그 자리는 일순 초토화되었다. 수백 명에 달하는 인간이 순식간에 날아가 버린 것이다.

"아……."

피각수와 그의 직속 부하들은 할 말을 잊었다. 어마어마한 참상 앞에서 벌어진 입은 다물어지지 않았다.

자주포가 가지는 위력은 어마어마하다. 155mm 포탄이 떨어지면 그 자리를 중심으로 50m는 살상범위에 속한다.

가뜩이나 밀착되어 있던 병력이었기에 결국 243명이 그 자리에서 즉사해버렸다.

"끄아아악!"

"엄마아… 엄마!"

"아무것도 들리지 않아. 살려줘!"

살아남은 자들도 어마어마한 충격을 받았다. 포탄이 터지면서 고막이 나간자도 다수 있었다. 하지만 그보다 무서운 것은 강혁준이 두 번째 탄을 준비하고 있다는 점이다.

부우웅!

텅!

두 번째 탄은 더욱 집요하게 각성자를 증발시켰다. 그것은 스트롱홀드에게 악몽이나 마찬가지였다.

"산개해라! 무조건 산개해!"

피각수가 있는 힘껏 소리쳤다. 이대로 있다가는 1500명의 전멸은 눈에 보듯 뻔하다. 하지만 그의 외침은 오히려 악수 중에 악수가 되고 말았다.

"아주 쏴달라고 쇼를 하는구만."

자주포의 최대 사정거리는 50km에 육박한다. 그렇게 볼 때, 강혁준은 얼마든지 피각수를 타격할 수 있었다.

"거… 거짓말이지?"

피각수는 포신이 올라가는 것을 보면서 혼잣말을 했다. 하지만 그의 염려는 곧 현실이 되어버렸다.

Part 34. 3000대 1(2)

피각수는 하루에도 수백 kg의 정수를 흡입했다. 설사 저격총을 맞더라도 버텨낼 자신이 있었다. 하지만 155mm 자주포탄을 견뎌내라고?

그건 미친 짓이나 다름없다.

"빌어먹을……."

피각수는 그렇게 외치면서 뒤를 향해 달렸다. 지금 있는 장소에서 조금이라도 멀어지기 위해서였다.

"피각수님?"

친위대는 어리둥절한 표정이었다. 만약 그들도 피각수처럼 눈치가 빨랐다면 아마 목숨을 부지했을 것이다.

콰쾅!

그 지역은 순식간에 쑥대밭이 되었다. 그의 친위대는 순식간에 포탄에 짓이겨져 형체조차 알아볼 수 없게 되었다.

피각수 역시 조금만 늦었다면 그와 똑같은 처지를 당했을 것이다.

"헉…… 헉……."

그가 각성을 한 이후, 이런 굴욕은 처음 당했다. 3000여 명의 무리가 고작 한 명을 당해내지 못하고 있는 것이다.

"생살을 씹어도 시원찮을 새끼. 무슨 일이 있어도 너만은 죽이고 말겠다!"

그 시각.

강혁준은 단번의 공격으로 피각수를 정리하고 싶었다. 하지만 어찌나 눈치가 빠른지 그는 절묘하게 살아남은 것이다.

'눈치도 어지간히 빠르군.'

그보다 문제점이 한 가지 생겼다.

바로 포신이 망가진 것이다. 장약이 터지면서 입구 부분이 훼손된 모양이다. 다음 포탄을 집어넣으려고 해도 들어가지가 않았다.

"쩝……."

어쩔 수 없이 자주포는 여기까지인가보다.

신나게 스트롱홀드를 괴멸시키고 있었는데, 흥이 식는다. 하지만 아직 그의 주머니에는 많은 화기가 남아있었다.

강혁준이 그 다음 선택한 것은 바로 M60이다. 일개 총기로서, 10kg이라는 중량은 화력만큼이나 육중한 바디감을 자랑하지만 강혁준에게는 깃털과도 같다.

1분에 최대 550탄 가량 발사 가능한 다목적 기관총은 7.62mm 나토탄을 장착하고 먹이를 찾고 있었다.

강혁준이 대놓고 앞으로 걸어가지만 그를 막아서는 각성자는 없었다. 자주포에 이미 영혼까지 털린 그들은 사분오열한 상태였다.

투타타타타타…….

간혹 분기를 참지 못하고 혁준에게 총구를 들이대는 자들이 있었지만, 강혁준의 맞사격에 벌집이 되고 말았다.

강혁준은 B급 각성자로서 물리저항만 21점이 넘어간다. 웬만한 총탄은 그대로 씹어재낄 수 있다. 하지만 압도적인 화력의 M60은 낮은 등급의 각성자들을 용서하지 않았다.

특수한 고유 특성이 있지 않은 이상 총탄 한 방에 목숨을 달리하는 것이다.

강혁준이 가지고 있는 총탄에 한계가 있다면 모를까? 시브릴엑스의 주머니에는 어마어마한 분량의 화기가 산재해 있었다.

'그래… 조금만 더 와라.'

죽은 척하고 있던 각성자 하나가 혁준이 가까이 오기만을 기다리고 있다. 그는 발화 특성을 가진 데몰리션 맨이었다.

영광스러운 죽음을 위해서라면 얼마든지 적과 함께 폭사할 수 있는, 준비된 남자의 표본이랄까.

철컥!

"……."

분명 시체처럼 조용히 누워있었다. 하지만 강혁준은 총구를 들이밀고는 그대로 트리거를 당긴다.

퍼버벅!

나름 함정을 파고 있었지만 확인 사살로 이승을 떠나고 말았다. 그의 용기는 가상했지만 스트롱홀드와 대적한 것은 이번이 두 번째였다.

회귀 전에도 데몰레이션 맨은 꽤나 까다로운 적이었다. 갑자기 달려들어서 자폭을 하는데, 덕분에 피해를 제법 보았기 때문이다.

사실 데몰레이션 맨을 상대하기 제일 좋은 방법은 거리가 가까워지기 전에 사살해버리면 된다.

그 이후로는 강혁준의 일방통행이었다. 마치 홍해가 갈라지듯이 스트롱홀드의 똘마니들은 빠르게 정리되었다.

⚜

피각수는 낮은 등급의 각성자로는 혁준의 발목조차 잡지 못한다는 것을 깨달았다. 아직 많은 병력이 있지만 그들을 투입해봤자 움직이는 과녁판에 지나지 않는다.

'잘못하면 나의 왕국 자체가 붕괴할 수도 있다.'

아무리 나약한 각성자라도 나름의 쓸모가 있다. 땅을 지배하기 위해서는 그곳을 점령하는 보병이 있어야 하니까.

그는 생각을 바꾸었다.

바로 높은 등급의 각성자를 투입하기로 말이다. 그뿐만 아니다. 놈을 쓰러뜨리기 위해서는 스트롱홀드의 최강자가 필요하다.

'내가 나선다.'

스트롱홀드에서 가장 많은 정수를 흡입한 자는 바로 피각수였다. 그가 직접 나서서 모든 사태를 바로 잡는다.

'이번 시련을 이겨내면 더욱 강한 스트롱홀드가 될 수 있다.'

도망 따위는 생각할 수도 없다. 그만의 왕국을 만드는데 들인 노력은 엄청나다. 이와 같은 기회를 다시 얻을 수 있을까?

'그건 불가능하지.'

보통 비온 뒤에 땅이 굳는다고 한다. 피스메이커를 쓰러뜨림으로서 스트롱홀드의 신화는 비로써 완성될 것이다.

⚜

투다다다다…….

벌써 혁준의 M60에 쓰러진 각성자는 수백에 달한다. 기계제국의 로봇을 상대하더라도 이런 절망감을 느끼진 않을 것이다.

후퇴. 무조건 후퇴만이 있을 뿐이다.

바로 그 때.

티디디딩티딩!

놀라운 일이 벌어졌다.

혁준의 사격이 무언가에 의해 막혀버린 것이다.

"응?"

그러고보니 주변 상황이 바뀌었다.

'드디어 놈들이군.'

예전에도 그러했다. 조무래기를 청소하다보면 이렇게 실력자가 튀어나오기 마련이다. 방금 총탄이 막힌 것도 어느 각성자의 솜씨일 것이다.

어느 정도 등급이 올라가면 현대 화기는 한계를 가진다. 방금처럼 총탄을 막을 특성이 있거나 저항 수치가 높아서 데미지를 받지 않는다.

쩔그럭…….

아무래도 람보 놀이는 여기까지인가보다. 강혁준을 들고

있던 화기를 모두 버렸다. 대신 그의 손에 들린 것은 한 자루의 벨로시카였다.

'등급이 올라갈수록 차라리 이놈이 잘 먹히지.'

혁준은 새로 나타난 무리를 살펴보았다. 숫자는 대략 100여 명?

허나 강혁준은 직감했다. 그들이야말로 스트롱홀드의 주축이라는 것을 말이다.

피각수의 지배 아래에서 무색 정수라는 달콤한 열매를 먹고 자란 돼지들이다. 살이 뒤룩뒤룩 찐 만큼 사냥하는 보람이 있을 것이다.

"결국 직접 납시었군."

무리들 중에서 낯익은 자가 한 명 보인다.

바로 피각수였다. 그와의 만남이 이번이 두 번째다. 그리고 첫 번째 만남은 피각수의 죽음으로 마무리되었다.

"육시랄 놈! 절대 너를 쉽게 죽이지 않겠다."

두 눈을 부릅뜬 것이 정말 화가 난 모양이다. 하지만 그뿐이다. 어차피 달라질 것은 없었다. 적어도 도망가지 않은 점은 칭찬해줄 필요가 있었다.

"용케 도망가지 않았군. 운이 좋으면 그 알량한 목숨이라도 부지했을 텐데."

도움이 되는 팁이었지만, 피각수 입장에서는 오히려 명백한 도발이었다.

"으으…… 뭐하냐? 저 새끼 담가버려!"

그의 명령에 곧바로 전투가 시작되었다.

먼저 근접형 각성자가 들이댄다. 그들은 우람한 덩치만큼 그 패도적인 기운을 드러내었다.

실력에 자신이 있던 각성자가 혁준에게 달려들었다.

그의 중병기는 50kg이 넘어가는 도끼였다. 그에 더해 각성자의 용력이 더해졌다. 적중만 당하면 그 누가되었든 무사하지 못한다.

'적중만 당한다면 말이지.'

무기의 궤적이 너무 훤하게 드러난다. 굳이 '아드레날린 러쉬' 를 사용하지 않아도 피할 수 있을 정도다.

쿵!

그의 공격은 너무 쉽게 빗나가버렸다.

스윽!

그리고 그 대가는 처참했다. 겉보기에는 혁준은 그를 가볍게 지나치는 것처럼 보였다. 허나 강혁준의 검날은 이미 그의 급소를 치고 난 후였다.

주르르륵…….

그의 목은 이미 반쯤 잘려있었다. 벌어진 틈새로 피가 콸콸 쏟아진다.

"한꺼번에 쳐!"

인간의 규격은 이미 씹어 먹은 놈이다. 반면에 덜떨어진 부하 놈들은 어디서 영화라도 봤는지 1:1로 싸우려고 한다. 답답한 피각수가 그렇게 소리쳤다.

후미에 있던 각성자는 각자 자신의 특성을 발휘했다. 뜨겁고 차갑고 반짝이는 에너지 투사체가 보인다.

타닥!

허나 혁준은 그것을 가만히 서서 당해줄 생각이 없다. 그가 가진 민첩성은 무려 51점이다. 그가 마음먹고 움직이면 눈으로도 따라잡기 어렵다.

게다가…….

혁준은 시브릴엑스의 주머니에서 꺼낸 연막탄을 여러 개 깔아버렸다.

푸쉬이이익!

희뿌연 연기는 순식간에 전장을 뒤덮었다. 안 그래도 재빠른 혁준을 요격하기란 더욱 힘들어졌다.

콰콰쾅!

그들이 쏘아올린 마법은 모두 허공이나 땅바닥에 처박혔다.

'멍청한 놈들.'

고유 특성을 살리기 위해 주구장창 마력만 올렸을 것이다. 하지만 그건 잘못된 처사였다.

제 아무리 마법형 각성자라 하더라도 적을 정밀 타격할 인지력이 필요하다. 이 자들은 그 점이 부족한 것이다.

스걱!

강혁준은 여유있게 마법을 피한 후, 참격으로 각성자 하나를 저승으로 보낸다. 웃긴 점은 뒤늦게 따라붙는 근접형 각성자들이다. 허둥지둥 달라붙지만 혁준에게 그 어떤 방해도 되지 못했다.

바로 눈앞에 있는 적을 무시한다?

보통은 말도 안 된다. 그런 짓을 하면 대게 칼에 꿰여 산적고기가 되는 법이다. 하지만 강혁준은 그것이 가능했다.

수십이나 되는 근접형 각성자를 데리고 유유자적 전장을 뒤집어놓는다.

'딜러들부터 녹인다.'

피 돼지들과 상대하다보면 등이 가렵기 마련이다. 상대가 진형을 형성하고 두드려 맞기 시작하면 제 아무리 강혁준이라도 피해를 보기 십상이다.

"막아! 저 놈을 막으라고!"

근접형 각성자에 비해 원거리 딜러들은 방어력이 약하다. 누군가의 보호가 없다면 그들의 능력은 절반 이하로 치닫는다.

막강한 화력을 뿜어내려면 정신 집중을 해야 한다. 하지만 지척에 있던 동료의 팔 다리가 허공을 날아다니는데 그럴만한 정신이 있을 리가 없다.

'살인귀의 표효!'

D등급의 불과한 스킬이지만 지금 상황에서는 웬만한 A등급 스킬보다 유용하다.

"쿠오오오!"

표효가 그들의 나약한 정신까지 찢어발긴다.

"아…… 안 돼. 죽고 싶지 않아."

몇몇 각성자는 그대로 자리에 주저앉는다. 이렇게 되자 급한 것은 오히려 피각수였다.

"쓰러지지 마라. 너희들은 자랑스러운 스트롱홀드다! 차라리 서서 죽을지언정 등을 보이지 말아라!"

급격히 무너지려는 무리를 봉합시킨다. 카리스마가 넘치는 피각수가 아니었다면 그대로 붕괴되었을지 모른다.

'그러거나 말거나.'

반면에 강혁준의 살인 행각은 그칠 줄 몰랐다. 결국 그 앞을 막아선 것은 피각수였다.

"그만! 너는 내가 상대해주마."

호기롭게 외쳤지만 혁준은 이죽거리는 음성으로 맞받아쳤다.

"그거 이적수 아닌가? 보통 체스에서 이런 상황을 체크메이트라고 하던데."

"닥쳐!"

피각수가 부하를 그렇게 아끼는 스타일은 아니다. 그렇지만 지금 혁준의 기세를 막지 않으면 무리 자체가 와해될

지경이다. 좋든 싫든 가진 걸 모두 꺼내놓아야 할 때이다.

피각수는 곧바로 자신의 능력을 개방시켰다.

-낼페니쉬의 역장(A등급)(액티브)(마력:3):저코스트 고효율의 방어막입니다. 방어 외에 여러 가지 용도로도 가능합니다.

타원형의 둥근 방패가 모습을 드러낸 것이다.

Part 35. 3000대 1(3)

방어 스킬이 나왔으면 다음은 공격형 스킬이다.

–메데타시의 염동력(A등급)(액티브)(마력소모:5):염동력으로 적을 타격합니다. 활용성이 뛰어나지만 마력소모가 심합니다.

순간적으로 이질감이 혁준의 몸을 타고 들어온다. 염동력은 무서운 스킬이다. 시야 안에만 들어오면 피할 수 없기 때문이다.

'빌어먹을. 염동력이 통하지 않아.'

허나 피각수의 표정이 그리 밝지 않다. 염동력을 이용한 직접 타격이 전혀 먹혀들지 않아서이다. 그의 마법 내성이 21점이 넘어가기 때문이다.

콰직!

부스스스!

이가 없으면 잇몸으로 씹으면 될 일이다. 엄청난 수의 콘크리트 조각이 두둥실 떠오른다. 염동력을 이용한 또 다른 공격 수단이다.

"뒈져라!"

파편은 각자 소용돌이처럼 회전하기 시작했다. 그것은 하나의 커다란 분쇄기가 되어 그에게 다가간다.

콰드드득!

피하기에는 그 반경이 너무 넓다. 의도치 않게 피각수 부하들까지 거기에 휘말렸다.

"으아아악……."

뼈와 살을 순식간에 분리해버린다. 자욱한 피보라가 되어 존재자체가 사라져버린 것이다.

무서운 관경이건만 강혁준의 표정은 심드렁했다.

퍼버벅! 퍼벅!

날카로운 콘크리트 조각이 그의 몸을 난자한다. 하지만 그것은 물리저항에 막혀 아무런 힘을 쓰지 못했다.

파직! 파지직!

부딪힌 것은 돌 부스러기가 되어 바람에 흩날려버린다.

'이래서 멍청한 놈들이란…….'

한심하다.

제 아무리 훌륭한 스킬이 있어봐야 그것을 쓰는 주체가 멍청하면 돼지 목에 진주 목걸이이다.

피각수가 가진 능력과 스킬은 분명 뛰어나다. 허나 스킬 활용도와 실전 경험이 미천했다. 상대를 파악하지 못하고 그저 아무렇게나 남발하는 스킬은 오히려 마력만 깎아먹을 뿐이다.

"이… 이런……."

혁준은 죽음의 폭풍을 아무렇지 않게 뚫고 나온다. 제법 문제가 심각해졌지만, 아직 낼페니쉬의 역장이 있다. 웬만한 공격 따위는 역장이 막아줄 것이다.

다만 강혁준은 미련하게 역장을 두드릴 생각이 없었다. 그는 무릎을 꿇었다. 그리고 손바닥을 지면에 살짝 갖다 되었다.

"……."

피각수는 그 의미를 알 수가 없었다. 이제 와서 항복이라도 할 요량인건가? 하지만 그의 예상은 모조리 틀렸다.

두두두두두…….

피각수의 발밑으로 무언가가 다가오고 있었다. 강혁준이 사용한 것은 크래그의 촉수였다. 굳이 눈 앞의 역장을 뚫을 필요 없다. 땅 밑이라는 우회로를 이용해서 그를 붙잡은 것이다.

휘리릭!

제대로 반응할 시간도 없었다. 긴 촉수는 피각수의 발을 감아버린 것이다. 그리고는 갑작스럽게 낚아채 올린다.

"크억……."

뒤로 넘어지면서 머리가 땅에 부딪혔다. 부상이라고 할 건 아니지만 순간적으로 집중이 풀리고 말았다. 그 결과 낼 페니쉬의 역장까지 풀려버렸다.

"더 부릴 재주는 없나?"

눈 떠보니 강혁준이 빙그레 웃고 있었다. 피각수는 온 몸에 소름이 돋았다.

'애당초 내가 이길 가능성이 없었단 말인가?'

피각수는 한바탕 악몽을 꾸는 기분이었다. 지금 벌어지고 있는 일이 그만큼 현실성이 결여되어 있기 때문이다.

'단 한명에게…… 이따위 애송이에게 스트롱홀드가 무너져?'

믿고 싶지 않은 사실이다. 하지만 현실은 냉혹했다.

"으윽……."

강혁준은 그의 멱살을 잡아 올린다. 힘없이 딸려오는 피각수는 그저 버둥거리기만 할뿐이다.

"내가 말하지 않았던가? 체크 메이트라고."

"모욕은 필요 없다. 깨끗이 죽여라."

피각수는 이를 악물고 소리쳤다. 그는 뼛속까지 악당이지만 프라이드는 누구보다 강했던 것이다.

"그럼 사양하지 않지."

반면에 강혁준 역시 쿨한 남자다. 굳이 죽여 달라는 것을 마다 할 만큼 사려심이 깊지 않다.

푸우욱!

벨로시카의 검신이 그의 등을 뚫고 지나간다.

"허어억!"

피각수는 자신도 모르게 비명을 지른다.

"나… 나는……."

그가 마지막 대사를 하려는 찰나였다. 허나 강혁준은 그것이 별로 궁금하지도 않았다.

퍼억!

바닥을 향해 사정없이 내동댕이친다. 결국 피각수의 마지막 대사는 아무도 듣지 못했다.

"주… 죽었어?"

"피… 피각수님이… 죽었다."

살이있는 신 취급을 받았다. 그런데 이제 보니 그도 피를 흘리는 한낱 인간에 지나지 않았다.

강혁준은 주변을 둘러보았다. 아직 스트롱홀드의 잔당이 남아있었다. 하지만 그들은 더 이상 싸우려는 의지가 없었다.

혁준과 눈을 마주치는 것만으로 기겁을 한다. 그와 대적했던 자는 한 명도 남김없이 죽었기 때문이다.

카리스마 넘치던 피각수가 죽은 지금, 스트롱홀드는 모래가루보다 결집력이 떨어졌다. 이제 남은 것은 뿔뿔이 흩어지는 순서만 남은 것이다.

"이건 미친 짓이야. 난 여기서 도망가겠어."

"오 마이 갓. 오 마이 갓."

개미새끼 한 마리 남기지 않고 모조리 도망 가버린다. 스트롱홀드의 전투원은 3000명이 넘는다. 하지만 그날 강혁준 손에 죽은 인원만 족히 1000은 될 것이다.

나머지 2000여 명 역시 뿔뿔이 흩어지고 말았다. 후에 그들이 골치 덩어리가 될 수도 있지만, 혁준은 별로 신경 쓰고 싶지 않았다

'어차피 가디언이 알아서 할 일이지.'

숨어버린 바퀴벌레까지 청소해주고 싶은 마음은 없었다.

"자아 그보다 수확을 해볼까?"

혁준은 마실 나가듯이 정수를 수확했다. 모조리 흡수를 하자 꽤나 많은 능력치가 오른다.

-정수로부터 근력 7점, 체력 8점, 인지력 6점, 민첩성: 5점, 마력 7점, 물리저항 3점, 마법저항 4점을 얻었습니다.

-정수로부터 스킬 '낼페니쉬의 역장' 을 얻었습니다.

[강혁준]

총합 : B등급

능력치

근력: 47

체력: 52

인지력: 74

민첩성: 56

마력: 41

물리 내성: 26

마법 내성: 25

추가된 스킬

-낼페니쉬의 역장(A등급)(액티브)(마력:3):저코스트 고효율의 방어막입니다. 방어 외에 여러 가지 용도로도 가능합니다.

'역시 살만 찐 돼지들이었어.'

편하게 무색 정수로 등급이 높아진 자들은 너무나도 상대하기 쉽다. 전투 경험이 있고 없고의 차이는 그만큼 극명했다.

'낼페니쉬의 역장이라. 정말 마음에 드는군.'

적은 마력으로 큰 효과를 볼 수 있는 스킬이다. 게다가 역장은 방어 외에도 정말 쓸데가 많다. 앞으로 그 효용은 무궁무진 할 것이다.

—맥스.

텔레파시로 드라군을 부른다. 얼마 지나지 않아 드라군이 모습을 드러내었다.

"수고했다."

공중에서 수류탄을 까서 던지는 것이 제법 어려웠을 터인데 잘 해내었다. 다음에는 더 고난이도 작업을 시켜도 될 것 같았다.

"읍… 읍……."

드라군 등 위에서 억눌린 소리가 들린다.

'이런 잊고 있었군.'

증인을 세운다는 이유로 그를 드라군 몸통에 묶여놓은 것이다. 일이 모두 마친 지금, 그를 굳이 데리고 다닐 이유는 없었다. 다가가서 그의 포박을 풀어주었다.

"고… 고맙습니다."

무시무시한 드라군 몸통에 묶이는 것은 절대 사절이다.

'이 괴물… 진짜로 3000:1을 이기다니….'

그가 강력하다는 이야기는 귀에 딱지가 앉도록 들었다. 하지만 그것은 이해가 가능한 범주였다. 설마하니 스트롱홀드를 혼자서 거꾸러뜨릴 것이라고는 누구도 생각 못했을 것이다.

'안 깝치길 잘했어. 이제 무슨 일이 있어도 이놈과는 엮이지 않을 테다.'

혁준은 역신이나 마찬가지다. 괜히 가까운척했다가 최악의 경험을 하지 않았던가?

허나 단 한 가지 마음에 걸리는 것이 있었으니…….

'아라야. 미안하다. 내가 무능력해서 너를 못 지켜주는구나.'

강혁준과 연적이 되고 싶지 않았다. 왜냐하면 그 역시 목숨은 달랑 하나였기 때문이다.

처음부터 아라는 정균에 대해 아무런 감정이 없었지만…….

정균의 아름다운(?) 짝사랑이 그렇게 덧없이 저물어가고 있었다.

⚜

발 없는 소문이 천리 간다는 말이 있다. 단신으로 스트롱홀드를 쳐부순 피스메이커의 이야기는 순식간에 그 일대로 퍼져나갔다.

자고로 세상이 혼란스러울수록 사람들은 영웅을 원한다. 그렇게 볼 때, 강혁준은 완벽히 그 조건에 부합했다. 노예와 같은 삶을 살던 비각성자들은 연신 혁준의 이름을 연호했다.

대부분의 사람은 이렇게 생각했다.

'피스메이커가 이곳의 새로운 지배자가 되겠지.'

'그는 이곳을 살기 좋게 만들어 줄지도.'

'데몬과 범죄자들에게서 우리를 지켜주실 것이야.'

사람은 대게 살기 어려울수록 강력하고 의지가 되는 지도자를 원했다. 그리고 강혁준이 그렇게 해주기를 원하고 있었다.

마찬가지로 가디언 역시 뒤집어졌다. 사실 따지고보 면 3000:1이 벌어진 이유는 혁준과 가디언의 의견차이 때문이었다.

그 일이 있고 난 후, 가디언은 긴급히 회의를 소집시켰다.

"……."

"……."

5인의 위원회가 모두 모였건만 아무도 말을 쉽게 하지 못했다. 일어난 사건이 워낙에 현실성이 없었기 때문이다.

"끝났군요."

먼저 말을 꺼낸 사람은 이종혁이었다.

"네?"

종혁의 말에 김민철이 되묻는다. 끝이라니? 왠지 불길한 마음이 들었던 것이다.

"우리의 역할은 끝났습니다."

이종혁은 비장한 표정이었다.

"그의 말대로 되었습니다. 가디언에게 비록 정의가 있었지만, 말 그대로 무력한 존재에 불과했죠."

"……."

종혁은 깍지를 낀 채 이마를 숙인다. 음울한 목소리가 이어졌다.

"사람들은 그를 받아들일 겁니다. 그리고 우리는 그것을 막을만한 명분이 없어요."

종혁은 모두를 바라보더니 이내 결론을 내렸다.

"더 이상 우리가 할 일은 없습니다. 그런고로 가디언을 해체하도록 하겠습니다."

종혁의 자조어린 해체 결정에 김백두가 일어서서 소리쳤다.

"저는 절대로 그 말에 못 따릅니다. 그는 안하무인과 같은 성격입니다. 당장은 모르지만……. 이후에 그가 폭군이 되면 어떻게 하실 작정입니까?"

배소영 역시 김백두와 같은 의견을 가졌다.

"맞아요. 이대로 끝낸다는 것은 저도 용납할 수 없어요."

반면에 은근슬쩍 손을 드는 자가 있었다. 바로 김정균이었다.

"저… 저는 빠져도 될까요?"

고개 숙인 그의 모습이 처량하다. 하지만 이종혁은 그런 그를 이해했다.

"상관없습니다. 그리고 두 분의 심정은 이해하지만, 가디언은 무조건 해체 할 겁니다."

"도대체 그 이유가 뭡니까?"

참지 못한 김백두가 거칠게 외쳤다. 이종혁은 자조적인 목소리로 대답했다.

"개죽음이기 때문입니다. 애당초 우리 가디언은 스트롱홀드조차 이기지 못했습니다. 그저 조금 발악을 했을 뿐이지요."

"……."

"그런 우리가 어떻게 그를 막을 수 있겠습니까? 강혁준은 가디언이 조금만 방해가 된다고 생각하면! 단번에 우릴 짓눌러 죽일 수 있습니다!"

스트롱홀드는 덩치만 큰 오합지졸이었다. 그렇기에 게릴라도 할 수 있었고, 약자의 편에 설 수 있었다. 하지만 그 상대가 강혁준이라면?

단번에 전멸이다. 주춧돌 위에 돌 하나 남기지 않고, 모두가 으스러지고 말 것이다.

Part 36. 선택

모두 심각한 표정을 지을 때, 김민철은 조심스러운 태도로 발언을 했다.

"아직 당사자의 이야기도 듣지 않았는데, 너무 성급한 결론이 아닐까요? 어쩌면 우리가 그에 대해 착각한 것일 수도 있지 않습니까?"

5명 중에서 제일 정답에 가깝다. 하지만 이종혁은 고개를 저었다.

"아마 그런 일은 없을 겁니다."

바로 그때였다.

문이 열리면서 나타난 이는 바로 강혁준이었다.

"때마침 여기 모여 있었네."

호랑이도 말하면 찾아온다고 했던가?

김백두는 놀란 눈으로 그를 바라보았다. 가디언의 기지는 나름 은밀하게 유지되고 있었다. 그런데 어떻게 이곳에 왔단 말인가?

"제가 그를 불렀습니다."

가디언 기지까지 부른 사람은 다름아닌 이종혁이었다. 좋든 싫든 강혁준과는 마무리 지어야 할 일이 있다.

"그래. 나에게 하고 싶은 말이 뭐지?"

"저는 당신이 힘만 강한 개인이라고 여기었습니다."

"그래서?"

강혁준은 계속 해보라는 듯이 말했다.

"아무리 출중한 능력자라도 한계가 있다고 생각했고요."

뛰어난 각성자라도 제어되지 않는 존재는 폐악만 끼칠 뿐이다. 그렇기에 무슨 일이 있어도 그를 굴복시키려고 했다.

"바로 그 점이 저의 패착이었죠. 당신을 재단 가능한 사람이라고 결론지었던 점이……."

강혁준은 가디언을 두고 이렇게 말했다.

'정말 나를 제어할 수 있다고 생각하는가?'

그 말은 전혀 오만이 아니었다. 그의 입장에서 보면 사실을 말했을 뿐이다. 애당초 가디언은 그를 품을만한 그릇이 못 되었던 것이다.

"비웃으셔도 좋습니다. 어리석었던 사람은 바로 저였습니다. 당신은 충분히 이 땅을 다스릴만합니다."

이종혁은 완벽하게 백기를 내걸었다.

'반기를 들면 죽는다. 차라리 그의 자비를 구하는 것이 옳다.'

굳게 마음을 먹은 그는 고개를 숙였다.

"저는 이곳을 떠나겠습니다. 허나 이 자들은 유용한 자들입니다. 분명 당신에게 큰 도움이 될 겁니다."

반면에 강혁준은 입맛이 씁쓸하다. 그가 원한 건 이런 것이 아니기 때문이다.

'하여튼 처음부터 끝가지 자기 생각에서 빠져나오지 못하는구나.'

지레 겁 먹고 머리를 숙이는 격이다. 하지만 그건 그가 원하던 것이 아니다.

"무슨 착각을 하는 모양인데……."

혁준은 주변을 살펴보았다.

다양한 표정이지만 한 가지 공통점이 있었다.

두려움.

가공할만한 힘을 가진 혁준을 두려워하고 있었다. 어차피 그의 진실 된 마음을 이야기해봤자 알아먹을 것 같지도 않았다.

그렇다면 그들이 원하는 것을 주리라.

"나는 땅을 지배하지 않는다. 이런 코딱지만한 땅은 거저 주어도 싫다는 뜻이지."

이종혁의 눈빛이 달라진다. 그러거나 말거나 혁준은 말을 이었다.

"스트롱홀드는 그저 내 먹잇감이었을 뿐이야. 돼지새끼마냥 정수를 많이도 처먹었더군. 덕분에 살이 통통 오른 바베큐 맛을 볼 수 있었고."

제법 유용한 스킬과 능력치를 추가로 얻었다.

"내가 궁극적으로 추구하는 것은 강함이다. 나머지는 모두 거추장스러울 뿐이다."

강혁준은 거만한 표정으로 그들에게 통보했다.

"그저 한 가지 약속만 해주지. 내가 만약 돌아왔을 때, 네 놈들이 피각수랑 별 차이 없으면, 내 먹이가 될 것이다."

그건 경고였다.

이 세상에 완전한 정의는 없다. 어떤 이유로 타락할 수도 있는 것이다. 만약 그렇게 된다면 혁준은 무거운 벌을 내릴 생각이었다.

일방적인 통보를 마치고 그는 제멋대로 회의장을 박차서 나가버린다.

"이게 무슨……."

김백두는 어이가 없었다. 스트롱홀드가 사라지고 제법 넓은 땅이 무주공산이 되었다. 누가 와서 깃발만 꽂으면 되는 것이다.

그런데 그것을 마다하다니…….

"종잡을 수 없는 사람이군요."

배소영은 자신의 생각을 말했다. 일반적인 상식으로는 이해할 수가 없었다.

"그는…… 진짜로 무서운 사람이라구요. 만약 피각수처럼 악한 일을 하면 바로 단죄를 내릴 겁니다."

직접 스트롱홀드의 몰락을 지켜본 김정균이었다. 그 때의 일을 생각하면 자다가도 일어날 지경이다.

"그냥 우리를 믿고 땅을 맡기려는 것이 아닐까요? 물론 경고를 하긴 했지만 말입니다. 그렇다고 해도 너무 좋은 조건이잖아요."

사실 제일 정답을 말하는 자가 있었는데, 그가 바로 김민철이었다.

⚜

강혁준은 그곳을 떠날 준비를 하기 시작했다. 만약 이곳에 눌러앉으면 편하게는 살 수 있을 것이다. 하지만 그것은 그가 원하는 삶이 아니다.

'이걸로 충분했던 걸까?'

다만 아쉬운 감정은 있었다. 어떤 일이 닥치면 강혁준은 혼자서 그것을 감당했다. 이번 일도 마찬가지였다. 그저 마음에 안 든다는 이유만으로 스트롱홀드를 혼자서 박살내버렸다.

'하여튼 이 피곤한 성격부터 고쳐야 하는데…….'

그렇게 자아성찰을 하는데, 인기척이 느껴진다. 고개를 들어서 보니 낮이 익은 사람이었다.

"벌써 떠나시나요?"

긴 생머리를 가진 여인이 서있었다. 그가 온 소식을 어떻게 전해들은 모양이다.

"응."

혁준은 짧게 대답했다.

'어차피 내가 할 일은 끝났다. 그리고…….'

20대의 진아라는 더욱 풋풋한 아름다움이 살아있었다. 마음 같아서는 이곳에서 다시 그녀와 새롭게 살림을 차리고 싶다.

"평소에는 그런 옷을 입었던가?"

진아라의 복장은 평범했다. 약간 찢어진 청바지에 평범한 흰색 셔츠를 입고 있었다. 다만 미모가 뛰어나서 그것만으로도 주위 시선을 사로잡지만 말이다.

"그건……."

진아라의 얼굴이 붉어진다.

그와 처음 만났을 때, 아라의 복장은 착 달라붙은 타이즈를 입고 있었다. 얼굴만큼이나 몸매도 우월했던 진아라였다. 그리고 누구보다 혁준은 그것을 잘 알고 있었다.

"블링크를 할 때마다 옷이 길면 추가 마력을 잡아먹는다고요."

그녀가 변명하는 모습이 재미있다.

"어쩔 수 없는 선택이었다구요오오."

"나는 별말 안 했는데?"

강혁준은 짓궂은 표정을 지으면서 말했다.

"이상하네요."

"뭐가?"

진아라는 자신의 머리를 매만지면서 말한다.

"많은 사람들이 당신을 두려워하고 있어요. 혹은 존경의 대상으로 삼고 있거나."

그건 이미 피부로 직감하고 있다.

"하지만 저에게는 말이죠. 혁준씨가 그저 옆집 아저씨 같거든요."

"아……저씨라고?"

강혁준은 생각지도 못한 데미지를 받았다. 회귀를 한 지금 그의 생체 나이는 20대 초반이었다. 물론 정신은 40대의 그것이지만.

"아! 미안해요. 나쁜 뜻이 아니라구요. 저는 그저……."

순간 자신의 말실수를 깨닫은 그녀는 뒤늦게 뒷수습을 하려고 했다.

“혁준씨가 의지가 된다는 뜻이었다구요.”

강혁준이나 진아라나 나이는 비슷했다. 혁준이 그녀보다 한 살 더 많을 뿐이니까. 허나 진아라는 최소 삼촌 내지는 혹은 아버지를 대하는 느낌을 받았었다.

‘20대에 아저씨 소리를 더 들을 수는 없지.’

혁준은 스스로 다짐을 했다. 더 이상 아재 같이 행동하지 않겠다고.

반대로 아라는 자신의 마음을 내심 숨기고 있었다.

‘부끄러워.’

요새 들어 아라는 마음이 복잡해져갔다. 이제 겨우 세 번째 만남이건만 계속해서 혁준의 얼굴이 떠오르기 때문이다.

‘확인을 해보자.’

그것이 사랑인지, 아니면 착각인지. 갓 20대 처녀가 갑자기 찾아온 감정의 정체를 정확히 알 수가 없었다. 그래서 이렇게 그를 찾아온 것이다. 직접 만나면 결론이 설 것 같았기 때문이다.

“의지가 된다니 그래도 다행이네.”

혁준은 그렇게 말했다. 짧은 시간이지만 그녀를 꼬셔보려고 했다. 마음만 먹는다면 그녀와 연인이 될 수도 있을 것이다.

'하지만 지금 내가 그럴 처지가 아니지.'

솔직한 말로 사랑따위는 그에게 있어서 사치. 그의 능력은 아직 한참 부족하다. 그가 바라는 것은 인류의 구원이다.

'안주했기 때문에 실패한 것일지도.'

회귀 전.

어쩌다보니 그는 군주가 되었다. 그리고 한 가정의 남편이 되어있었다. 그것만으로 그는 커다란 약점이 생긴 것이다.

부양할 가족과 책임져야할 세력이 생긴 것이기에.

"이번에 떠나면 언제 돌아오나요?"

그녀가 은근히 묻는다.

"글쎄."

정해진 것은 없다. 어쩌면 평생 돌아오지 않을지도 모른다. 그녀와 만나는 이번 만남이 마지막일지도.

"기다릴게요."

"응? 뭘 기다린다고?"

"꼭 그걸 꼬치꼬치 캐물어야 하나요?"

아라는 그렇게 말하고는 그의 손을 잡는다.

"이게 1단계구요."

그녀는 마음을 굳게 먹었다. 그리고 두 팔로 그를 껴안는다.

"이게 2단계인가?"

혁준이 묻자 아라는 고개를 끄덕인다.

'그럼 다음 단계는 키스인가?'

혁준은 내심 고소를 지었다. 이렇게 이별 선물을 준다니 인생을 헛 살았던 것은 아닌 모양이다.

"오늘은 여기까지에요."

"응?"

"다음 단계가 궁금하면 저를 꼭 찾아오시라구요."

그는 그렇게 말하고 뒤돌아선다. 방금의 행동이 부끄러운지 뒷목이 빨갛다.

'아… 몰라.'

그녀는 부끄럼을 참을 수가 없었다. 그 자리를 도망가듯이 뛰쳐나간다.

샤아아악!

그러면서 고유 특성인 블링크까지 남발한다. 순식간에 시야에서 사라져버렸다.

"이런……."

굳이 쫓아가려면 따라 갈수는 있다. 하지만 그렇게 하면 평생 그녀의 인생을 책임져주어야 할 것이다.

"어려서 그런가? 이렇게 쉽게 넘어오다니."

혁준은 헛웃음을 지었다. 30대의 그녀는 말 그대로 난공불략의 성이나 다름없었다. 끈질긴 노력과 구애로 결혼까지 할 수 있었다.

'그녀를 위해서라도 더욱 힘을 내야겠군.'

아직 가야할 길은 구만리이다.

일단 SSS급 등급에 도달해야 한다. 그러기 위해서는 이 정도 성과에 만족해서는 절대 안 된다.

⚜

휘이이이잉!

세찬 바람이 불어온다. 그럴만도 한 것이 그는 지금 드라군을 타고 있었으니까.

해는 지고 밤하늘의 별빛이 흘러내린다. 문명의 이기가 없어진 지금, 완벽한 어둠이 대지에 깔려 있다. 그러나 덕분에 밤하늘의 별은 더욱 선명하게 드러나고 있었다.

그런 아름다운 광경이건만, 강혁준은 눈을 지그시 감고 명상에 잠겨 있었다.

'어떻게 한다?'

그는 지금 중대한 결정을 앞두고 있었다. 두 가지 갈래길 중 하나를 선택할 시간이 오고 있었다.

'문제는 웜홀인데…….'

대개 데빌이 침공할 때에는 단방향 웜홀이 열린다. 어비스에서 지상으로 나가는 단 하나의 통로를 말한다.

허나 판데모니엄이 진행되고 5년 주기로 양방향 웜홀이

열린다. 그 말인즉 강혁준 역시 어비스로 들어갈 수 있는 기회가 생긴다는 말이다.

'크으…… 고민이다.'

어비스로 들어가면 빠르게 강해질 수 있다. 그 안에는 강혁준보다 더 강하고 많은 데빌이 거주하고 있으니깐. 하지만 5년간은 어비스에서 갇혀 지내야 한다.

'그 전에 인류가 멸망할 일은 없겠지만. 대신 전에 그 재수 없는 군주들을 만나야겠지.'

반대로 웜홀에 들어가지 않는 방법도 있다. 그 시간동안 피각수처럼 후에 인류 연합에 걸림돌이 되는 군주들을 처단할 수도 있다.

그렇게 한다면 빠른 시일 내에 인류의 힘을 하나로 모으는 것이 가능하기도 했다.

'아… 고민 되네.'

결국 둘 중에 한 가지 방법을 선택해야 한다.

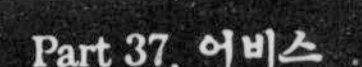

Part 37. 어비스

어비스는 위험천만한 곳이다.

설사 강혁준이라도 생존을 보장할 수 없다. 하지만 위험도가 높은만큼 이득도 크다. 살아남을 수만 있다면 SSS급 등급 아니 그 이상도 엿볼 수 있다.

허나 5년간 인간계에서 아무런 영향을 끼칠 수 없다. 그 말인즉 예전 역사대로 쓰레기 같은 놈들이 다시 판 칠 거라는 점이다.

'복수는 차갑게 식혀서 먹을 때가 가장 맛있는 법이지.'

모든 것을 만족할 수는 없다. 훗날 복수의 때를 생각해서 지금은 참을 수밖에.

허나 한 가지 장담할 수 있는 것이 있다.

'어비스에서 돌아오는 날. 너희들의 악몽이 시작될 것이다.'

⚜

강혁준은 양방향 웜홀이 열리는 곳을 알고 있었다.

예전 그의 동료 중에 어비스 생존자가 있었다. 웜홀이 열린다는 것도 그에게서 들은 내용이었다.

'어비스는 또 하나의 세계야. 우리가 알고 있는 악마들은 그 넓은 어비스에 사는 일부분이지.'

그는 운이 좋아서 살아남았다고 한다. 데빌이라고 모두 인간 가죽 벗기는 것을 좋아하는 것이 아니다. 그는 에쉬루라는 데빌을 만나서 목숨을 부지했다고 한다.

그때 한 대화가 기억났다.

'용케 살아서 돌아왔네.'

'데빌도 믿는 신에 따라서 성향이 갈리곤 해. 내 주인님…. 아니 에쉬루라는 데빌의 특징이 하나 있는데, 약속은 무슨 일이 있어도 지킨다는 점이야.'

'그래서?'

'노예로서 열심히 일 할 테니까. 5년 후에 다시 지상으로 보내달라고 했지.'

'그렇게 해서 목숨을 부지했군.'

'그래. 나야 운이 좋았던 경우고. 나랑 같이 어비스에 간 놈들은 다 죽었어. 지금 네 손에 뒈진 악마들이 커피라면 어비스의 그 놈들은 'TOP' 였다니까.'

그가 알려준 내용은 매우 호기심을 자극했다. 허나 그 당시 부양해야 할 세력이 있어서 함부로 어비스에 들어갈 수 없었다.

'허나 지금이라면…….'

강혁준은 독고다이다.

지금처럼 좋은 시기도 없다. 악연으로 점철된 그를 기다려줄 사람이…….

'있구나. 아라가 기다려준다고 했지. 다음이 3단계였던가?'

진아라와 즐거운 데이트가 있기는 하다. 탐스러운 입술을 생각하면, 어비스에 가기 싫어진다.

'젠장……. 나도 팔불출이 다 되었군.'

천하의 바람둥이가 잡혀 살다니. 하지만 그녀는 그럴만한 가치가 있었다.

'할 수 없지. 군대 다녀온다고 생각하고 어비스로 가자.'

5년은 긴 시간이지만, 그녀라면 기다려줄지도 모른다.

'이곳인가?'

드라군을 타고 밤낮 없이 일주일을 날아서 왔다. 그리고 도착한 곳은 황폐화된 황무지였다.

'아마 오늘 저녁이면 웜홀이 열리겠지?'

아직 시간은 남아있다. 혁준은 타고 다니던 드라군을 바라보았다.

"정들었지만 보내줘야지."

드라군은 인간계에서 좋은 탈것이지만, 어비스에서는 그렇게 강한 데몬이 아니다.

혁준은 어비스 중에서도 위험지역을 갈 생각이다. 그런 곳에서 드라군이 살아남을 가능성은 그리 크지 않다.

-드라군과 연결이 끊어집니다.

"크룩?"

지배를 풀자 드라군은 화들짝 놀란다. 뭔가 잠에서 깨어난 느낌인데, 그 이유를 알 수가 없다.

"……."

지배가 풀리면서 드라군은 혁준과 지냈던 기억이 모두 사라졌다. 본래라면 드라군은 혁준을 공격해야 했지만, 그러지는 않았다.

한낱 먹이에 불과한 인간이건만 식욕이 동하지 않았기 때문이다.

펄럭! 펄럭!

드라군은 홰를 치더니 멀리 날아 가버린다. 그렇게 맥스와 작별을 한 후, 진득하게 웜홀이 열리기만을 기다렸다.

그러기를 얼마나 지났을까?

공간이 일그러지기 시작했다. 비디오를 빠르게 재생시키는 것을 보는 것 같다.

파치치지직!

신경 거슬리는 소리와 함께 웜홀이 생성되기 시작했다. 기존의 단방향 웜홀이 아니다. 악마가 아닌 강혁준도 사용할 수 있는 것이었다.

"그럼 가볼까?"

그것이 닫히면 5년간은 무슨 일이 있어도 인간계로 다시 돌아올 수 없다. 하지만 강혁준은 오히려 입가에 미소를 짓고 있었다.

'그래. 바로 이 느낌이지.'

정신 똑바로 박힌 사람이라면 절대 어비스에 가지 않는다. 자살 방법 중에서도 제일 최악에 꼽히기 때문이다

두근두근!

심장이 뛴다.

직감적으로 알 수 있다. 웜홀 너머로 보이는 저 세상은 위험하다는 것을. 하지만 강혁준이야말로 위험에 중독된 사람이다.

지금의 인간계는 그에게 있어서 유흥거리도 되지 못한다. 3000:1을 하고도 오히려 심심했으니까.

'졸지에 도전자가 되었군. 하지만 이미 정했다.'

웜홀에 손을 갖다 되었다. 그러자 손 자체가 엿가락처럼 휘어진다.

쯔아아악!

마치 블랙홀에 빨려드는 것처럼 그는 순식간에 모습을 감추고 말았다.

새벽 3시 13분.

강혁준은 지구상에서 사라졌다.

⚜

똑! 똑!

물방울이 떨어지는 소리가 들린다.

'머리가 깨질 것 같군.'

가까스로 깨어난다. 어비스로 이동하면서 약간의 부작용이 생긴 것 같았다.

"여기는……."

자리에 서서 주변을 둘러보았다.

'미궁이네.'

주위를 살펴보니 돌로 된 벽이 삼면을 막고 있었다. 고개를 들어봐도 빠져나갈 구멍은 없었다. 그나마 다행인 점은 밀실은 아니라는 점이다.

탁탁.

혁준은 제자리 뛰기를 했다. 그리고 가볍게 몸을 풀었다.

'몸 상태는 그럭저럭.'

머리가 조금 아픈 것을 제외하고는 정상이다. 그리고 시간이 지날수록 두통도 사라지고 있었다.

기온은 약간 서늘한 정도?

시야도 나쁘지 않다. 천장을 보아하니 작게 박힌 야명주가 보인다.

"생각보다 쾌적한데?"

어비스라고 하면 불타는 지옥이 연상되기 마련이다. 허나 지금 그가 있는 곳은 오히려 쾌적한 기분이 든다. 더운 여름에 피서 오면 딱 알맞을 정도?

'어비스로 피서를 온다고?'

스스로 생각한 내용이지만 헛웃음이 나온다. 성난 뿔소 200마리가 돌진하는 장소라도 여기보단 안전할 것이다.

'긴장을 늦추지 말자.'

어설프게 방심하다가 당하는 경우가 있다. 유망주였던 각성자들도 한순간 방심으로 비명횡사하는 것을 여러 번 보았다.

혁준은 천천히 통로를 향해서 걸어 나갔다. 한참을 걸었지만 아무런 조우도 없었다. 마치 던전은 탐험하는 것 같다.

5시간째.

그는 일직선의 통로를 계속 걷기만 한다.

'도대체 미궁의 크기는 얼마나 되는 거야?'

의문이 든다. 혹시 평생을 걸어도 출구가 없을 수도 있기 때문이다. 다른 곳도 아니라 어비스라면 그럴지도 모른다.

꼬르륵!

배가 고프다.

허나 강혁준에게는 시브릴엑스의 주머니가 있다. 미군기지에서 얻은 각종 화기들을 제외하더라도 그 안에는 많은 식량을 넣어놓았다.

쩝쩝…….

구석에 앉아서 식사를 한다.

혼밥하는 건 익숙하지만, 어비스에서의 점심은 더욱 각별한 느낌이다. 이 넓은 곳에서 식빵에 잼 발라먹는 사람은 혁준을 제외하고 없을 테니까.

꿀꺽!

주머니에서 생수를 꺼내어서 마신다. 그리고 빈통을 아무렇게나 버린다.

"후우……."

분명 쓰레기를 버리는 비매너였다. 하지만 미궁의 제작자는 이런 일을 배려해서 쓰레기통을 만들어 두지는 않았을 것이다.

'기분 나쁘면 따지러 오든가.'

다시 길을 나선다.

지루한 시간이 지나가고 드디어 갈림길이 나왔다.

"……."

강혁준은 조금도 고민 없이 오른쪽으로 걸어간다. 그 이후로 갈림길을 만날 때마다 오른쪽을 향했다.

부스럭!

멀지 않은 통로에서 이질적인 소리가 들렸다. 인지력 만땅인 강혁준이 그 소리를 놓칠 리가 없다.

어비스에 도착한지 10시간만에 미지의 존재와 조우한 것이다.

강혁준은 일단 자세를 낮추고 발소리를 죽였다. 이런 곳에서 우호적인 존재를 만날 확률은 극히 희박하다. 어쩌면 어비스에서의 첫 전투가 시작될런지도 모른다.

"우쉬략. 크라우트."

"아타로. 비티오드."

마치 철판을 긁는듯한 목소리가 들렸다.

첫 조우는 놀랍게도 혁준이 잘 아는 데빌이었다. 그들의 이름은 몰리튜드.

회귀 전.

SSS등급일 때에도 지겹게 싸웠던 악마였던 것이다. 겉모습은 인간과 매우 유사했다. 두 개의 팔다리가 붙어있으며, 이족보행을 한다.

허나 다른 점이 있다면 개의 형태를 한 짐승 대가리다.

주둥이는 길게 튀어나왔으며 이빨은 날카롭기 그지없다. 간혹 깨물기 공격도 하는 놈들이었다.

'놈들과 악연은 끝이 없구만.'

인간을 향한 무한한 적개심이야말로 몰리튜드의 특징이라고 할 수 있다. 그렇게 된 데에는 그들이 믿는 악신의 영향이 크다.

몰리튜드가 믿는 악신의 이름은 악시온인데, 그 신이 제일 좋아하는 것이 바로 인신공양이다. 희생자의 해골을 제단 앞에서 바쳐야 하는데, 만일 긴 시간동안 제물을 바치지 못하면 스스로의 해골이라도 바쳐야 했다.

'예상은 하고 있었지만, 처음부터 이런 난이도라니.'

몰리튜드가 인간계에 나타났을 때에도 전투력은 막강했다. 그들은 타고난 광전사였으며, 뛰어난 전투 기술을 보유했다.

높은 등급의 각성자였던 강혁준도 혀를 내둘러야 했으니까. 하지만 무엇보다 골치 아픈 점은 혁준이 발을 딛고 있는 곳이 어비스라는 점이다.

'인간계에 올라온 악마들은 매우 약화된 존재들이야. 적어도 이곳에서는 악신들의 가호가 그들에게 못 미치니까. 하지만 그들의 고향인 어비스에서는 어떨까? 적어도 2배에서 많게는 3배나 더 강할 걸?'

어비스에서 돌아온 생존자의 증언이다. 그가 거짓을

이야기할 이유는 없다. 그 말인즉, 지금 두 명의 몰리튜드는 강혁준에게 있어서 버거운 상대라는 뜻이다.

"아시툼. 아칼투."

"베사. 라타쿠."

자기들끼리 잡담을 계속한다. 한 가지 다행인 점은 아직 그들이 강혁준의 존재를 눈치 채지 못했다는 것이다.

'그냥 보내주느냐? 아니면 습격을 하던가?'

두 개의 선택지가 주어졌다. 약간 고민이 되기는 한다. 시작부터 만만치 않는 적이 나타났으니까. 하지만 고민은 그리 길지 않았다.

'놈들을 친다.'

애당초 어비스에 온 이유는 단 하나.

강해지기 위해서였다. 그런데 그저 생존을 위해서 놈들을 피해 다니면 본말전도나 다름없다.

'조금만 더 와라.'

혁준은 벨리시카를 꺼내들었다. 적어도 습격으로 한 놈은 죽여야 한다. 그렇지 않으면 전투는 매우 힘들어질 것이다.

길이 꺾어지는 부분에서 진득하게 기다린다.

불과 거리는 이제 1m도 남지 않았다. 이제 도주한다는 선택지는 사라진 것과 마찬가지다.

'지금이다!'

푸우욱!

두 자루의 벨로시카가 놈의 복부에 박힌다. 습격이 확실히 성공한 것이다.

"쿠우욱……."

허나 놀라운 것은 그 다음에 벌어진 일이다. 분명 복부에 검이 박혀있었건만 놈은 무력화되지 않았던 것이다. 오히려 두 손으로 강혁준의 목을 움켜쥐려고 한다.

'제기랄…….'

발로 놈의 배를 걷어찬다. 박혀든 검이 빠져나간다. 배가죽이 더욱 길게 찢겨나간다.

"아쉬타오! 쿠챠!"

"쿠챠!"

혁준에게 일격을 당한 놈이 더 펄펄난다. 두 눈은 붉은 흉성으로 빛을 발하고 있었다.

철푸덕!

놈의 뱃가죽 사이에서 잘려나간 내장이 투둑 떨어진다. 그 정도 중상이라면 꼼짝도 못해야 정상이거늘.

타다닥!

몰리튜드는 입을 쩌억 벌리고 달려든다. 그의 손에 들린 배틀액스의 스피드가 엄청 빠르다.

강혁준은 어쩔 수 없이 검을 들어서 마주친다.

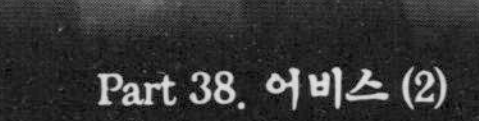

Part 38. 어비스 (2)

콰드드득!

검과 도끼가 마주친다.

'무슨 힘이…….'

손해를 보는 사람은 강혁준이었다. 하마터면 검을 놓칠 뻔한 것이다.

트가가각!

억지로 옆으로 빗겨낸다. 놈은 넘치는 힘을 주체 못하고 휘청거린다. 씨름에서 상대방의 힘을 이용해서 메치는 수법과도 같다.

균형이 무너진 몰리튜드의 머리통을 찍어 누르고 싶었지만 하필 그 놈의 친구 때문에 실패하고 말았다. 옆에서 치고 들어오는 도끼를 피해야 했기 때문이다.

"크르르르……."

누가 개머리 아니랄까봐. 혁준을 보고 으르렁거린다. 배에서 흘러나오는 내장 조각을 자기가 밟고 있었지만 전혀 고통이 없는 듯 맹렬한 적개심만 표출한다.

'분명 치명타를 먹였는데 안 죽어?'

몰리튜드가 분명 강인한 데빌은 맞다. 허나 지상에서 상대할 때는 이러지 않았다. 배에 커다란 상처를 달고 있는데, 오히려 더 흉포한 모습을 보인 적은 없었던 것이다.

'이것이 악신의 가호라는 건가?'

놈들이 믿고 있는 신의 이름은 악시온이다. 그가 관장하는 영역은 '분노'로서 그의 가호를 받으면 일정시간동안 '광폭화' 상태로 돌입할 수 있었다.

"크어엉!"

몰리튜드는 몸을 사리지 않고 돌격한다. 그나마 다행인 점은 전투 경험은 강혁준이 훨씬 많다는 점이다. 지쳐 들어오는 도끼를 능숙하게 빗겨내지만, 반격까지는 어려웠다.

'무식한 힘인데다가 굉장히 민첩해.'

아드레날린 러쉬를 사용하지 않았다면 오히려 강혁준이 당했을 지도 모른다.

'게다가 무엇보다 합격이 까다로워.'

몰리튜드는 되는대로 공격하는 것처럼 보이지만 실상은 교묘한 수법을 사용하고 있었다. 먼저 상대의 가드를 무너뜨리기 위해 강한 스매쉬 위주로 도끼를 내려친다.

보통은 그럴 경우 빈틈이 생겨서 반격당하기 쉽다. 하지만 그 순간을 동료가 나서서 메워주고 있었다. 말은 쉬워 보이지만 상당한 훈련이 필요한 합격인 것이다.

'이래서 데몬보다 데빌이 훨씬 상대하기 까다로워.'

본능에 따라 행동하는 데몬이 차라리 상대하기 쉬웠다.

'다른 수를 쓰자.'

강혁준은 들고 있던 벨로시카 한 자루를 던져 버린다. 그것은 일직선으로 날아가 몰리튜드 상반신에 박힌다.

동시에 '시브릴엑스의 주머니'에서 섬광탄을 꺼낸다. 엄지손가락으로 핀을 튕가낸 다음 몰리튜드에게 던진다.

"자라카타. 파후하!"

그들의 언어로 따지면 '소용 없는 짓이다'로 해석할 수 있을 것이다. 하지만 섬광탄은 데미지를 주기 위한 용도가 아니다.

펑!

빛과 함께 귀를 찌르는 소음이 터져나온다.

찌이이이잉…….

눈과 귀를 보호하고 있던 혁준과 달리 몰리튜드는 무방비하게 당하고 말았다. 무엇보다 청각이 발달된 그들에게 섬광탄의 소음은 매우 고통스러운 것이다.

"카카각!"

혼란 상태에 걸렸지만 금세 회복할 것이 뻔하다. 강혁준은 손을 내밀고 스킬을 사용했다.

'크래그의 촉수!'

거무튀튀한 촉수가 손바닥에서 뛰쳐 나가 한놈의 다리를 붙잡는다.

"크?"

혼란 상태인지라 그것은 쉽게 균형을 잃고 쓰러진다.

주르륵…….

촉수를 축소시켜서 자신이 있는 곳으로 당긴다. 섬광탄을 통해 억지로 얻은 기회다. 강혁준은 벨로시카를 들고 힘차게 휘둘렀다.

퍼억!

쉽게 죽을 생각은 없는 모양이다. 몰리튜드는 팔을 들어서 막는다. 놈의 뼈가 얼마나 튼튼한지 쉽게 잘리지도 않는다.

퍼벅!

한 번 더 내려친다. 그러자 팔목 자체가 날라 가버린다.

"아쉬툼. 이자라투."

놈은 다급하게 도움을 요청한다. 그 때문일까? 혼란상태에 빠져있던 그의 동료가 이쪽을 향해 비척비척 걸어온다.

'빌어먹을!'

강혁준은 마음이 급해졌다. 몰리튜드는 웬만한 부상은 그냥 무시한다. 자고로 이렇게 거추장스러운 능력을 가진 놈들에게는 보팔(Vorpal)이 답이다.

퍽!

힘을 다해 검을 내려친다.

녀석의 목줄기에 검이 박힌다. 허나 얼마나 끈질긴지 쉽게 잘리지도 않는다. 혁준은 다섯 번 더 내려쳐서야 겨우 몸과 머리를 분리시킬 수 있었다.

'제기랄.'

아주 끈질긴 놈들이다. 욕지기가 절로 나오지만 아직 문제는 산적해있다.

"아우크타리!"

뒈진 놈의 이름인가? 동료였던 놈이 입에 거품을 물고 덤빈다. 너무 지척까지 거리를 허용한 탓일까? 짐승처럼 덮쳐오는 그의 몸을 피할 수 없었다.

'크윽…….'

그의 몸 아래에 깔리고 말았다. 무리해서 놈의 목을 쳐낸 것이 패착이었다. 그나마 다행인 것은 죽어가는 아군을 구하기 위해서 녀석이 무기를 버리고 왔다는 점이다.

'무슨 힘이…….'

찍어 누르는 힘이 막강하다. 테이크 다운 상태를 풀어내려

했지만 마음처럼 쉽지 않았다.

'젠장할…….'

놈이 입을 쩌억 벌린다. 턱관절 사이로 촘촘하게 박힌 이빨이 보인다. 놈은 혁준의 얼굴을 그대로 씹어먹을 작정이었다.

몰리튜드의 물어뜯기에 당하면 말할 것도 없이 죽는다. 혁준은 가까스로 얼굴을 옆으로 피했다. 섬뜩한 소리가 바로 귓가에서 들린다.

콰직!

위험한 순간은 있었지만 강혁준 역시 그래플링의 달인이었다. 양 손바닥으로 놈의 귀 부분을 후려쳤다.

"켁!"

순간적인 공기압력이 들어가자 고막이 파괴된다.

'역시 놈의 청각이 약점이었군,'

섬광탄이 터질 때에도 유독 소리에 약한 면모를 보였다. 그 짧은 시간에 약점을 파악해낸 혁준의 센스는 놀라운 것이었다.

몰리튜드가 움찔하는 순간을 놓치지 않았고, 그 틈을 타서 자세를 역전시켰다. 이제 오히려 강혁준이 몰리튜드 위에 올라탄 형국이었다.

'얼굴을 파운딩한다고 꿈쩍이라고 할까?'

웬만한 부상은 너무 쉽게 무시해버린다. 아무리 강하게

주먹을 후려쳐도 언제 반격을 당할지 모른다.

'그렇다면?'

혁준은 엄지손가락으로 두 눈을 꾸욱 누른다.

"크아아악!"

신체 중에서 제일 약한 부분이 있다면 바로 안구다. 게다가 거기는 수많은 시신경이 분포하고 있다. 아무리 고통에 둔감하더라도 그곳이 쥐어짜지면 참을 수 없다.

엄지 손가락 전체가 다 들어갔다. 하지만 그 동안 강혁준도 무방비 상태가 되었다.

퍼억!

놈이 휘두르는 주먹에 옆구리가 가격당한다.

"큭……."

강혁준은 그대로 옆으로 튕겨나간다. 분명 물리내성이 그나마 20점이 넘었기에 망정이지. 일반인이었다면 입 밖으로 내장이 튀어나올 충격이다.

"후우……."

강혁준은 옆구리에 손을 대고 일어났다.

'드럽구만.'

두 눈이 파괴된 상태에서도 놈은 몸을 털고 일어난다. 놈들에게 재생 능력이 없었던 것이 천만다행이다.

몰리튜드는 고통에 둔감한 것이지 상처를 치료하는 수단은 없었던 것이다. 시각과 청각을 잃어버린 지금 그 녀석은 후각만으로 혁준을 찾고 있었다.

"킁…. 킁……."

혁준은 바닥에 떨어진 벨로시카를 잡아 올린다.

'이것도 더 이상 못 쓰겠구만.'

벨로시카의 날이 무딘 건 아니다. 다만 몰리튜드의 물리 저항이 너무 뛰어난 것뿐이다.

"크와아악!"

냄새를 맡고 대충 방향을 잡은 모양이다. 놈은 무작정 혁준을 향해 달려든다. 무기도 없고 청각도 잃었으며 눈 까지 보이지 않건만 무시무시한 근성이다.

허나 슬쩍 움직이는 것만으로 너무 쉽게 벗어나버린다. 혁준은 벨로시카로 놈의 발목 뒤쪽을 갈라버렸다.

"쿵!"

인대가 잘리자 놈은 더 이상 서 있지 못했다. 허나 분노의 신이 내려준 가호덕분일까? 맹렬한 적개심 하나만으로 끝까지 저항한다.

퍼억! 퍼억!

목과 몸을 분리해내기 위해서 여러번 내려쳐야 했다.

털썩.

결국 목적을 달성한 강혁준은 엉덩방아를 찧었다. 그저 전투 한번 치루었을 뿐이데, 온 몸이 노곤하다.

'아프다.'

회귀를 하고 처음 겪는 부상이다. 데하시와 싸울 때에도 부상을 당하지 않았는데 말이다.

'가만히 생각해보니 데하시에게 부상을 당하면 죽잖아?'

데하시에게 한번이라도 공격을 허용하면 그 자리에서 즉사다. 아마 시체조차 남아나지 않을 것이다.

'그나저나 어비스에서 데하시를 만났다면…….'

상상도 하기 싫다. 전에 이길 수 있었던 것도 공략법을 숙지했던 탓이 크다. 그런데 악신의 가호까지 받은 데하시라면 가늠조차 되지 않는다.

강혁준은 자리에서 일어났다. 전투에서 승리했기에 정수를 수확할 시간이다.

푸확!

시체를 뒤져서 기어코 정수 두 개를 찾아낸다.

'어라?'

예전의 그 정수가 아니다. 신의 가호를 받던 정수라서 그럴까? 정수는 생명체처럼 맥동을 치고 있었다.

'이런 경우는 처음 보는군.'

어비스의 정수는 뭔가 특별한 듯 했다. 강혁준은 심호흡을 하고 그것을 받아들였다.

-몰리튜드의 정수를 흡수합니다. 분배 가능한 포인트 20점이 추가됩니다.

'오호라.'

신의 가호를 받는 정수는 달라도 무척 다르다. 예전이라면 악마의 종류에 따라 고정된 능력치를 주었다. 민첩을 올리고 싶다면 그에 관련된 악마를 잡아야 했던 것이다.

허나 어비스에서 얻는 정수는 달랐다. 자신이 원하는데로 육성이 가능한 것이다.

'꽤나 마음에 드는데?'

그뿐만이 아니다. 힘들게 잡긴 했지만 쫄몹 두 마리를 잡았을 뿐이다. 그런데 향상되는 점수가 20점이라니?

'이거 노다지 중에 노다지다.'

분명 난이도가 지랄맞긴 하지만 그만큼 보상도 엄청나다.

강혁준은 곧바로 능력치 분배를 시작했다.

[강혁준]

총합 : B등급

능력치

근력: 57

체력: 52

인지력: 74

민첩성: 66

마력: 41

물리 내성: 26

마법 내성: 25

혁준은 근력에 10점, 민첩성에 10점을 투자했다. 벨로시카라는 무딘 무기를 쓰고 있는 지금, 중요한 것은 조금이라도 딜을 올려야 했기 때문이다.

'그리고 괜찮은 무기도 필요하다.'

지상에 있을 때에는 벨로시카만으로 웬만한 적을 다 물리칠 수 있었다. 하지만 전황은 달라졌다.

좀 더 강한 무기! 다양한 스킬이 필요했다.

'이번에는 스킬이 나오지 않았지만. 어쩌면 소문으로만 듣던 S급 스킬을 얻을 수 있을지도.'

인간계에서 아무리 악마를 잡아봤자 얻는 스킬은 A급이 한계였다. A급 스킬이 유용하지 않은 건 아니지만, 혁준은 늘 아쉽게 생각했다.

분명 이보다 더 강한 스킬을 쓰는 악마를 보았기 때문이다.

'아무리 생각해도 어비스에 온 것은 옳은 선택이었어.'

그는 마치 어린아이처럼 즐거워했다. 예전의 자신을 뛰어넘을 단서를 발견했기 때문이다.

⚜

그 일이 있고 난 후, 보름이 지났다.

강혁준은 무서운 속도로 강해져갔다. 그러면서 점점 더 강한 악마들에게 도전장을 내밀기 시작했다.

지금도 몸길이만 15m에 달하는 데몬과 전투 중이었다. 아찔한 순간은 있었지만 그럴 때마다 혁준은 뛰어난 기지를 발휘했다.

혁준과 사투중인 데몬프린스의 이름은 세레브릭.

만일 용이 되기 전의 이무기가 있다면 세레브릭과 동일한 모습일 것이다.

거대한 동체를 감싸고 있는 비늘은 단단한 방어구의 역할을 톡톡히 해낸다. 게다가 입에서 쏟아내는 지독한 산성 브레스는 그저 닿는 것만으로 온 몸이 녹아내릴 지경이다.

하지만….

콰콰쾅!

혁준의 손에 들린 것은 유탄 발사기였다. 강혁준은 쉬지 않고 그것을 발사하고 있었다.

'한 700발 이상 때려 넣었나?'

Part 39. 뭉크

가랑비에 옷 젖는다고 하던가? 유탄 세례에 세레브릭의 단단한 비늘이 너덜너덜해졌다.

"캬오오…."

세레브릭이 구슬픈 비명 같은 것을 내지른다.

강혁준은 철저하게 도망다니면서 히트 앤 런 수법을 고수했다. 브레스를 뿜으려고 하면 입 안에다 유탄을 넣어준다.

겉의 비늘보다 속살은 아무래도 연약한 법.

세 번만 그렇게 해주니 그 다음부터 입을 아예 열지도 않는다. 그러면 그에게 남은 수법은 육탄 돌격뿐이다.

허나 강혁준은 촉수를 이용한 입체 기동이 가능하다. 유탄을 마구 먹여주면서 도망가면 그만이다.

오랜 전투 끝에…….

쿵!

결국 혁준의 가열찬 공격을 버티지 못하고 쓰러진다.

'탄 소모가 심해서 그렇지. 나름 괜찮은 수법이군.'

데몬은 머리가 무척 나쁘다. 그저 본능에 따라 행동하는 편이니까. 만약 상대가 데빌만큼 지능이 있었다면 이렇게 일이 쉽게 풀리지 않았을 것이다.

혁준은 벨로시카로 놈의 시체를 토막내기 시작했다. 처음 잡아보는 데몬이라 정수의 위치를 찾기 위해서였다.

스스슥…….

'응?'

작업을 하던 중 뭔가가 느껴졌다. 주변을 둘러보자 소리가 멈추었다.

'무언가 있다.'

누군가 자신을 살피고 있다. 새로운 적의 존재일지도 모른다.

다시 작업에 열중하는 척했다. 허나 그것은 적을 낚기 위한 한 가지 방안이었다. 얼마 지나지 않아서 예의 거슬리는 소리가 들렸다.

'공격할 의사는 없는 건가? 개체도 하나뿐이고.'

살기는 없었다. 그저 관찰 당하는 느낌이다. 하지만 혁준은 찜찜한 기분을 지울 수 없었다. 당장 공격할 의사가 없을 뿐, 놈의 마음이 바뀔지도 모르기 때문이다.

주르륵…….

심장 부근에 세레브릭의 정수가 있었다. 혁준은 그것을 갈무리했다. 그리고 아무렇지 않게 자리를 떠난다.

'나에게 관심이 없군.'

그곳에서 멀어지고 있지만 숨어있는 개체는 따라오지 않았다.

'시체에 관심이 있는 것인가?'

어쩌면 어비스의 청소부일지도 모른다. 죽은 사체만을 노리고 돌아다니는 하이에나 같은 존재가 있어도 이상하지 않다.

'놈도 사냥해볼까?'

혁준은 잠시 생각에 잠긴다. 어쩌면 특이한 정수를 발견할지도 모른다.

혁준은 일부러 근처 바위 뒤에 숨었다. 그리고 청소부가 나타나기를 기다렸다.

이윽고…….

드디어 녀석의 정체가 드러났다. 크기는 고작 50cm정도이고 외견은 송충이처럼 주름진 몸통을 가지고 있었다.

팔 다리가 달려있긴 한데, 몸체에 비하면 앙증 맞다. 다만 특이한 점은 몸의 절반이나 차지할만큼 커다란 입이었다.

"……."

그는 조심스럽게 주위를 둘러본다. 혁준은 숨어서 놈이 하는 행동을 지켜보았다.

케르르르륵…….

놈의 입에서 튀어나오는 것은 녹색 액체였다. 세레브릭의 비늘은 매우 단단하다. 하지만 그 액체에 닿자 흐물흐물해지는 것이 아닌가?

'저것에 닿으면 위험하겠군.'

녹색 액체 덕분에 세레브릭의 사체는 형체가 일그러졌다. 다음은 놈의 식사시간이었다.

추릅… 추루릅…….

녹색 액체는 일종의 소화액이었던 모양이다. 거대한 사체에 들러붙은 그것은 단번에 사체를 빨아먹기 시작한다.

주와와아아악!

분명 놈의 신체는 조그맣다. 하지만 그는 엄청난 대식가였다. 자기 몸의 수십 배나 되는 괴물을 꾸역꾸역 처먹고 있었다.

'저게 다 들어가나?'

물리법칙을 가볍게 무시한다. 놈의 위장이 대체 어떻게 만들어져 있는지 궁금하다.

혁준은 호기심에 녀석에게 다가간다. 혹시 공격을 할 것에 대비해서 낼페티쉬의 역장을 준비했다. 피각수에게서 얻은 스킬로서 데몬의 녹색 액체를 충분히 방어해낼 수 있을 것이다.

쭈와아악!

놈은 식사에 여념 없었다. 혁준이 지척까지 도착할 때까지 주둥이를 사체에 처박고 있을 뿐이다.

툭!

혁준은 벨로시카로 놈의 뒤통수를 살짝 건들였다.

"케르륵!"

그제야 놈은 식사를 멈추고 뒤를 돌아본다. 그리고 강혁준을 발견하고 화들짝 놀란다.

놈은 고개를 푹 숙인다. 그리고 앙증맞은 앞발로 자신의 머리를 감싼다. 그리고 궁상맞게 벌벌 떨기 시작한다.

"흠……."

사실 공격이 들어오면 역장으로 방어한 다음 바로 베어버릴 작정이었다. 그리고 새로운 정수를 습득하면 될 일이다.

그런데 이렇게 겁을 먹고 사시나무처럼 덜덜 떨줄이야. 하지만 더 놀라운 것은 그 다음에 벌어졌다.

"뭉크는 약하닥. 죽여도 정수 쓸모없닥. 죽이지 말아락."

놀랍게도 놈은 의사표현을 할 줄 알았다. 고위 데빌은 목소리에 자신의 의지를 실을 수 있기는 하다. 허나 놈은 짐승에 가까운 데몬이 아닌가?

"어떻게 말을 할 줄 알지?"

혁준의 물음에 그는 고개를 끄떡이며 말한다.

"뭉크 말할 줄 안닥. 이유는 모른닥. 그냥 할 줄 안닥."

입 큰 애벌레의 이름은 뭉크인 모양이었다.

'무협지에서 나오는 영물쯤 되는 건가? 신기한 녀석인만큼 좋은 정수를 줄지도 모르겠네.'

혁준은 검을 들어올렸다. 놈의 배를 갈라서 정수를 먹을 생각이었다. 그러자 뭉크는 혁준의 기세를 읽은 모양인지 다급하게 소리쳤다.

"뭉크 죽여도 재미없닥. 좋은 정수 없닥. 정말이닥."

뭉크는 생존본능이 강한 데몬이었다. 그는 연달아서 자신의 존재가치를 어필했다.

"뭉크는 당신에게 도움이 된닥. 뭉크는 이곳에 대해 잘 안닥. 길 안내 할 수 있닥."

"내가 왜 너를 믿어야 하지? 다른 마음을 품고 있을지 어떻게 아냐?"

뭉크는 혁준을 함정으로 인내할 수도 있다. 혁준은 그 점을 명시한 것이다. 하지만 뭉크는 영악한 면모가 있었다.

"당신은 강하닥. 정수를 수집한닥. 뭉크가 좋은 사냥터 가려쳐준닥. 당신은 정수를 더 많은 모을 수 있닥."

뭉크는 잠시 눈치를 보더니 말을 이었다.

"당신은 정수를 먹는닥. 뭉크는 고기를 먹는닥. 모두에게 이득이닥. 배신할 이유 없닥."

재미있는 제안을 꺼낸다. 놈은 영악한 면모가 있었다.

"그렇단 말이지?"

혁준은 뭉크의 제안이 나름 괜찮다고 여기고 있었다. 보름동안 미궁을 돌아다녔건만, 길을 여전히 복잡하기만 했다. 이러다가 평생을 이곳에 갇혀지낼지도 모를 노릇이다.

"미궁에서 빠져나갈 방법이 있나?"

혁준은 크게 기대하지 않고 물었다. 하지만 뭉크는 고개를 끄덕이며 말했다.

"뭉크는 미궁에 대해서 잘 안닥. 나만 따라오면 나갈 수 있닥."

방향은 두 가지다.

먼저 놈을 베어서 정수를 수집하는 방법이 있다. 하지만 뭉크의 말대로 뛰어난 정수가 나올 것 같지는 않았다. 녀석은 너무 약해보였기 때문이다.

반면에 뭉크의 제안을 받아들이는 방법도 있다. 그럴 경우, 한 마리(?)의 조력자를 얻을 수 있다.

"좋다. 네 제안대로 하지. 길 안내만 잘하면 배터지게 고기를 먹게 해주지. 하지만 허튼 수작을 부리다 걸리면……."

"뭉크 다른 마음 안 갖는닥. 정말이닥."

뭉크는 다급한 목소리로 외쳤다. 간절한 태도를 봐서 처신을 잘할 것 같았다.

이윽고 뭉크는 은근슬쩍 눈치를 본다. 혁준은 손짓을 하면서 말했다.

"식사마저 하도록 해. 기다려줄 테니."

"당신 같은 데빌 없닥. 데빌은 나쁘닥. 하지만 당신은 좋닥."

아무래도 뭉크는 인간을 한 번도 본 적이 없는 모양이다. 혁준을 데빌로 착각하고 있었던 것이다.

'굳이 알려줄 필요는 없지.'

인간의 존재에 대해서 이야기하면 내용이 길어진다. 혁준은 그가 그렇게 착각을 하고 있도록 내버려두었다.

쭈아아아악!

신이 난 뭉크는 흐물거리는 사체에 얼굴을 박는다. 그리고 엄청난 흡입력으로 그것을 먹어치운다.

"끄으으으억!"

세레브릭의 시체가 그 놈의 배속으로 사라지는데 걸린 시간은 10분도 걸리지 않았다. 웬만한 대식가는 뭉크 앞에서 명함도 내밀지 못할 것이다.

"트림할 때, 이쪽을 바라보지 마라."

입과 콧구멍에서 뿜어져 나오는 녹색 연기는 보기만 해도 속을 거북하게 만들었다.

"미궁 나가려면 이쪽으로 가야 한닥."

머리는 크지만 반면에 팔다리는 짧다. 그러다보니 걸을 때마다 우스꽝스러운 모습으로 뒤뚱거린다.

'어쩌다보니 이상한 녀석을 주웠네.'

⚜

뭉크는 꽤나 솜씨 좋은 길잡이였다. 데몬이라고 믿기지 않을만큼 똑똑한 머리를 가지고 있다.

'하긴 어마어마한 크기의 미로를 외울 정도면. 당연히 머리가 좋아야 겠지.'

길을 가다가 한 가지 의문점이 생긴 혁준은 그에게 묻는다.

"그런데 말이야. 미궁에서 돌아다니다보면 데빌을 볼 수 있잖아. 놈들의 거주지가 근처에 있나?"

"아니닥. 당신이 말한 몰리튜드는 여기서 살지 않는닥."

뭉크는 그 이유에 대해서 계속 설명했다.

"몰리튜드는 데빌이닥. 그들은 신을 믿는닥."

그 점은 혁준도 알고 있는 내용이었다. 하지만 다음 뭉크가 했던 말은 혁준이 듣기에도 솔깃한 내용을 담고 있었다.

"미궁은 커다란 유적이닥. 악시온은 이곳의 유물을 노린닥. 그래서 몰리튜드를 미궁 안으로 보내었닥."

"유물이라고?"

"그렇닥. 미궁이 생겨난 이유닥. 하지만 아무도 유물을 본 자는 없닥."

악신이 노리는 유물이라…….

혁준은 그것에 깊은 호기심이 생겼다.

"그 유물이 어디에 있는 줄 알아?"

"물론 잘 안닥. 하지만 그곳에 가지 않는닥."

"이유가 뭐지?"

"그곳이 미궁의 주인이 살고 있닥. 미궁의 주인이 유물을 지킨다. 유물을 노리는 자를 죽인닥."

아무래도 미궁의 본 주인이 따로 있는 모양이다.

"미궁의 주인에 대해서 더 설명해봐."

"알았닥."

뭉크는 입에 침을 튀겨가며 설명을 이어나갔다.

"미궁의 주인은 커다란 데몬이닥. 그것은 오래 살았닥. 백년을 백번이나 살았닥."

계산대로라면 만년을 산 데몬이라는 점이다. 보통 수명이 500년만 되어도 데몬프린스라 불리는 특이개체가 될 수 있다. 그것만 해도 무시무시한 지경인데 일만년이라니…….

그 정도면 거의 인류의 역사나 다름없다.

"이봐. 뭉크."

"말해락. 듣고 있닥."

"유물이 있다는 곳으로 인도해줄래?"

잠시 침묵이 이어진다. 곧 이어 뭉크는 비명을 지르듯이 말했다.

"그곳은 위험하닥. 당신 죽는닥. 정말 위험하닥."

"아아…… 내가 가려는 이유가 바로 그거야. 위험하기 때문이지."

보름간 사냥을 하면서 혁준은 제법 강해졌다. 정수를 습득하고 A등급을 달성했다. 하지만 전성기에 비하면 아직도 갈 길이 멀다.

"불가능하닥. 당신 걱정이닥. 나는 가르쳐줄 수 없닥."

뭉크는 그 자리에 철푸덕 앉고는 고개를 딴 곳으로 돌렸다.

"그래? 그렇담 아쉽게 되었네. 점심에 이걸 먹으려고 했는데 말이야."

혁준은 아공간에 보관해두고 있던 통조림을 꺼내면서 말했다.

"참치캔이닥! 그것은 맛있는 것이닥!"

뭉크는 바로 그것에 흥미를 보인다. 그는 엄청난 대식가인 동시에 미식가이도 했다.

얼마 전에 호기심으로 단 한번 참치 캔을 따서 준 적이 있었다. 마켓에 가면 3000원에 팔리는 평범한 것이었지만,

뭉크에게는 천상의 음식이었던 모양이다.

그는 내용물을 비우다 못해 콧노래를 부르며 캔까지 씹어 먹었다.

그 이후, 틈만 나면 뭉크는 참치 캔 노래를 불렀다. 가끔은 되도 않는 애교까지 부리면서 말이다.

Part 40. 아타라

하얀 배를 드러내면서 애교를 부린다.

"먹고 싶닥. 뭉크는 참치 캔을 원한닥."

혁준은 참치 캔을 위아래로 던졌다가 받는 것을 반복했다. 그럴 때마다 뭉크의 커다란 눈망울은 그것을 따라간다.

"참치 캔은 많이 있어. 하지만 공짜로 줄 수는 없지. 그 유물이 있는 곳을 안내해준다면 생각해볼게."

"알겠닥. 그곳으로 안내하겠닥."

뭉쿠는 자신의 식탐을 제어하지 못했다. 혁준은 참치캔을 던져주자 그것을 받고는 게걸스럽게 씹어먹기 시작했다.

"맛있닥. 천상의 고기닥. 이것을 위해서 무슨 짓이든 할 수 있닥."

거의 중독자 수준이다. 혁준은 한 가지 더 붙여서 말했다.

"그곳까지 도착하면 참치캔 하나를 더 주지."

뭉크는 기쁨에 몸을 떨었다.

"뭉크 안내한닥. 당신은 참치캔을 준닥. 하지만 그곳은 위험하닥. 조심해야 한닥."

회귀 전, 강혁준이 SSS급 등급의 각성자가 될 수 있었던 이유는 바로 위험을 관리하는 능력 덕분이라고 할 수 있다. 제 아무리 보상이 크더라도 죽어버리면 말짱 황이다. 그가 전투에 나설 때에는 이미 이길 수 있다는 확신이 든 이후였다.

"그 점은 걱정하지 않아도 돼."

뭉크는 가던 길에서 벗어나 다시 유적의 중심지로 방향을 바꾸었다. 강혁준은 조용히 그 뒤를 따른다.

⚜

미궁의 중심부.

개머리를 한 수인들이 옹기종기 모여있다. 악시온을 섬기는 데빌인 그들은, 무엇보다 피 튀기는 혈투를 좋아한다. 그렇다고 몰리튜드가 무질서한 것은 아니다. 엄격한 상하관계에 따라 움직이며, 동족 의식도 각별한 편이다.

지금 미궁에 존재하는 몰리튜드의 숫자는 총 300여 명쯤 될 것이다. 그들을 지휘하는 이는 치프틴이라고 불리는데, 일반 병사가 치프틴이 되기 위한 방법은 단 한가지. 그것은 바로 많은 수의 해골을 신에게 바치는 것이다.

그 수가 일정 이상이 되면 악시온은 그 몰리튜드에게 더 많은 축복을 내린다. 은총을 입은 몰리튜드는 전보다 더욱 강한 육체를 얻게 되고 동족으로부터 존경을 받는 치프틴이 되는 것이다.

"쉥켄이시여……."

개머리를 한 수하가 무릎을 꿇는다.

"말하라."

어둠 속에서 치프틴 쉥켄은 나지막한 목소리로 말했다.

"'아타라' 가 드디어 모습을 드러내었습니다."

수하의 말에 쉥켄이 자리에서 일어나서 앞으로 걸어나왔다. 야명주의 빛을 받아 그의 본모습이 드러났다. 일반 몰리튜드에 비하면 그 몸집의 크기가 3배나 됨직하다.

"하하하……. 오랜 기다림이었다."

쉥켄은 만족스러운 웃음을 드러내었다. 일반 몰리튜드보다 적어도 3배는 됨직한 크기다.

"드디어 '그것' 을 얻을 절호의 기회다. 병사들에게 이르라. 우리의 신을 위해서 목숨을 바칠 때가 되었다고."

"알겠나이다."

병사는 그 말을 마지막으로 치프틴 앞에서 물러났다.

'드디어 기회가 찾아왔다. 난 치프틴 정도에 만족할 수가 없다. 대족장 자리는 나의 것이 되어야 한다.'

나름 장밋빛 미래를 꿈꾸는 싱켄이었다.

⚜

미궁의 중심부로 향하는데는 꼬박 3일이 걸렸다. 강혁준 혼자서라면 더 오랜 시간이 걸렸겠지만 뭉크가 지름길로 안내한 탓에 그나마 빠르게 도착할 수 있었다.

"쉬이이……."

강혁준은 조용히 하라는 제스처를 취한다. 뭉크는 그 커다란 입을 작디작은 손으로 막는다.

'멀지 않은 곳에 전투가 일어나고 있어.'

뭉크에게는 멀리 가라는 제스처를 취했다. 급박한 전투 상황에서 그를 지켜주기는 어렵다.

눈치 빠른 뭉크는 뒤뚱거리며 멀어져간다.

강혁준은 소음이 일어나는 장소로 발걸음을 향했다. 이윽고 현장이 눈앞에 들어온다.

'어마어마하군.'

혁준은 곧이어 신화에나 나옴직한 전투를 목격할 수 있었다. 수백의 몰리튜드와 거대한 데몬이 싸움을 지속하고 있었기에.

'헌데 저게 데몬이라고?'

대게, 데몬의 존재는 뒤틀려있고 사악한 외견을 가지고 있었다. 딱 봐도 어둠의 자식이라는 느낌이 든다.

허나 몰리튜드와 일전을 벌이는 개체는 그렇지 않았다. 새하얗고 긴 털로 뒤덮인 그것은 전설의 기린과 너무나도 닮은 모양새를 지녔다.

우아하고 긴 목에는 품격이 묻어나며, 눈은 맑고 선명하다.

그뿐만 아니다. 전투 스타일도 지저분한 데몬과는 거리가 멀었다.

파지지직!

이마에 솟은 뿔에서 강력한 전격이 형성되었다. 그것은 곧장 날아가서 몰리튜드를 타격한다.

"크아악!"

그 공격으로 몇몇은 숯덩이가 되고 말았다. 하지만 몰리튜드의 반격도 만만치 않다. 상대가 도망치지 못하도록 포위의 끈을 놓치지 않고 있었다. 그들은 쇠뇌나 긴 창으로 그 존재를 끈질기게 괴롭힌다.

"힘을 내라. '아타라' 가 지쳐가고 있다."

치프틴 쉉켄이 몰리튜드를 독려한다. 그리고 직접 나서서 '아타라' 라고 불린 존재에게 일격을 가했다.

퍼억!

쉥켄이 장비한 무기는 거대한 해머였다. 일종의 방어막이 아타라를 방어했지만, 데미지를 완전히 흡수하지는 못한 모양이다.

"크어어어……."

하얀 털이 금세 피로 붉게 물든다. 분전하고 있지만, 상황은 아타라에게 불리하게 돌아가고 있었다.

'어떻게 한담?'

가만히 두면 몰리튜드가 승리할 것으로 보인다. 그렇게 두면 그 유물이라는 것도 개머리들에게 넘어갈 것이다.

'그건 별로 마음에 안 드는군.'

몰리튜드는 멀지 않은 미래에 지상을 침공할 것이다. 어떻게 봐도 인류의 적이라고 볼 수 있다.

그 반면에 아타라라고 불린 저 존재는 난생 처음 본다. 겉모습만 봐서는 과연 '데몬일까?' 싶기도 하다.

'상관없지. 제일 좋은 방법은 어부지리를 노리는 것이니까.'

승부의 추는 몰리튜드에게 급격히 기울고 있다. 적어도 강혁준은 그 추를 중심으로 되돌릴 자신은 있었다.

강혁준은 몰리튜드의 약점을 하나 알고 있었다. 그것은 바로 청각이었다.

유탄 발사기에다가 섬광탄을 때려넣었다.

텅! 텅!

데구르르…….

일반 유탄과 다르게 바로 터지지는 않는다.

"큭?"

갑자기 바닥에 깔리는 유탄이 발에 닿는다. 아타라를 상대하느라 대부분의 개머리들은 그것을 깔끔히 무시했다.

팡! 파팡!

지이이이잉!

섬광과 함께 귀를 찌르는 소음이 방출된다.

"크아악!"

"아샤타아!"

절반 이상이 혼란 상태에 빠진다. 그리고 쉥켄 역시 그것에 영향을 받았다.

"으윽……."

아타라는 그 기회를 놓치지 않았다. 연속으로 뿜어져 나오는 전격으로 쉥켄을 지져버렸다.

"크어억……."

이왕 도와주는거 혁준은 쉬지 않고 섬광탄을 발사했다. 당연한 일이지만 성난 몰리튜드가 혁준에게 달려든다.

그나마 섬광탄의 영향에 적게 받은 이들이었다.

"귀를 아프게 하는 자가 저기 있다!"

"빨리 죽여라!"

모든 병력을 이용해서 아타라를 치고 있었다. 그런데 혁준에게 어그로를 끌리는 바람에 포위가 엉성해지고 말았다.

"안 돼!"

그것을 뒤늦게 알아차린 쉥켄이 소리쳤다. 아타라는 강혁준의 도움으로 포위에서 벗어나버린 것이다.

"캬아아아!"

한 차례 울음소리와 함께 아타라는 도주를 시작했다. 강혁준도 사태를 엿보면서 뒤로 물러난다.

'굳이 몰매를 맞을 이유는 없지.'

지금은 일단 몰리튜드의 계획을 저지한 것에 의의를 두기로 했다. 강혁준 역시 왔던 길로 도주하기 시작했다.

"어…떻게 하죠?"

몰리튜드는 갈피를 못 잡고 있었다. 도망가고 있는 아타라를 추격해야할지. 아니면 새로운 이방인에게 가야할지.

쿵!

다 된 밥에 코 빠뜨린 격이 된 쉥켄은 분노했다. 들고 있던 해머를 바닥에 꽂으면서 소리쳤다.

"부탄. 전사 스물을 이끌고 저자를 쫓아라. 몰리튜드의 행사를 방해한 자는 죽음으로 댓가를 치를 것이다!"

부탄은 쉥켄의 부관이었다. 그는 고개를 숙여서 명을 받아들였다.

"나머지는 계속 추격에 나선다. 상처를 입은 아타라는 멀리 가지 못했을 것이다."

도중에 방해를 받았긴 했다. 그렇지만 시간이 지체되었을 뿐. 크게 달라질 점은 없다.

'미궁의 주인은 늙어가고 있다. 이번 원정에서 꼭 녀석을 죽여야 해. 그렇지 않으면…….'

⚜

한 차례 전투가 있은 후,

혁준은 여유 있게 부탄의 추적을 따돌린다. 강혁준의 민첩한 발놀림도 주요했지만 무엇보다 뭉크의 덕이 컸다.

도주 경로에서 눈에 띈 존재는 뭉크였다. 그는 혁준을 발견하고 짧은 팔다리를 흔들면서 말했다.

"뭉크와 도망간닥. 그러면 쉽게 도망간닥."

그 결과, 뭉크는 지금 강혁준의 등에 매달려서 도주 경로를 알려주고 있었다.

"여기서 오른쪽이닥."

복잡한 미궁의 길은 상대를 따돌리는데 매우 큰 도움이 되었다. 어느새 적의 발걸음 소리가 들리지 않게 되었다.

"힘들닥. 뭉크 이런 경험 처음이닥. 심장에 좋지 않닥."

도망치는 동안 혁준의 등에 편하게 매달려 있었다. 그리

힘들거나 위험한 경우는 없었지만, 혁준은 그의 공로를 인정해주기로 했다.

"알았어. 선물이다."

참치 캔하나를 던져주었다. 뭉크는 기쁜 표정으로 그것을 받아먹었다.

"뭉크는 참치캔을 좋아한닥. 하지만 좋아할수록 참치캔은 줄어든닥. 그것은 슬픈 일이닥."

자가당착에 빠진 뭉크는 줄어드는 참치가 안타까운 모양이다.

"이 봐. 뭉크."

혁준은 그를 부른다. 뭉크는 입맛을 적시며 고개를 돌렸다.

"한 가지 궁금한 것이 있는데. 네가 말한 아타라가 미궁의 주인인 거야?"

"그렇닥. 몰리튜드는 미궁의 주인을 아타라라고 부른닥."

"근데 아타라라고 했던가? 그 녀석 데몬이 맞아?"

자고로 외견으로만 판단하면 안 되지만.

그가 본 아타라는 악마라고 치부하기에는 기품 같은 것이 있었다.

"뭉크는 어비스에 산닥. 어비스에는 데몬과 데빌만 산닥. 당신은 데빌이고, 뭉크는 데몬이닥."

뭉크는 커다란 머리를 끄덕이면서 말한다.

"뭉크. 아타라는 몰리튜드에게 쫓겨서 도망갔어. 그렇다면 녀석은 어디로 도주했을까?"

"뭉크 생각한닥. 하지만 너무 어렵닥."

혁준은 참치 캔을 꺼내서 보여준다. 그리고 한 마디 덧붙였다.

"이게 도움이 될 것 같은데?"

"뭉크 생각했닥. 뭉크 천재닥."

혁준은 아까처럼 뭉크를 등에 태웠다. 무슨 일이 있어도 몰리튜드보다 앞서서 아타라와 만나야 한다.

"자 어디로 가면 되지?"

"앞으로 간닥. 빠르게 가면 뭉크 떨이진닥."

"걱정 붙들어매라고."

혁준은 엄청난 속도로 달려나갔다.

"으아아악."

뭉크의 비명이 미궁 구석구석 울려퍼졌다.

⚜

아타라는 숨을 헐떡이고 있었다. 몰리튜드와의 일전은 그로 하여금 많은 부상을 강요했다.

"끄으응……."

허나 아픔을 겪는 것보다 더한 고통이 그를 괴롭히고 있었다. 마지막으로 내려진 명령을 끝끝내 완수하지 못할 것이라는 두려움이다.

까마득한 과거.

아타라에게는 주인이 한 명 있었다. 주인은 자애로운 존재였으며 막강한 힘을 가진 자였다. 그러나 영광의 시간도 잠깐. 그는 오래 전에 죽어서 이곳에 잠들어 있었다.

미궁은 사실상 주인의 무덤인 셈이다.

아타라는 주인의 명예를 위해서 무덤을 지키고 있었다. 그리고 주인의 유일한 유물을 뺏기지 않기 위해 정해진 수명을 억지로 유지하고 있었다.

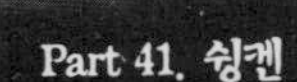

Part 41. 슁겐

아타라는 무언가 인기척을 느꼈다. 지금 숨어있는 곳은 미궁에서도 심지. 이곳까지 따라올 자들은 몰리튜드 외에는 없다.

휴식을 거의 취하지도 못하고 자리에서 일어난다. 설사 이곳에서 죽더라도 끝까지 주인의 명예를 지킬 생각이었다.

빠지직!

아타라가 전격을 모으기 시작한다. 모습을 드러내면 바로 방출해버릴 생각이었다. 하지만 그는 끝끝내 그것을 쏘아내지 못했다.

모습을 드러낸 것은 양 손을 들고 싸울 의지가 없음을 밝히는 강혁준이었다.

"워워워. 아까 내가 널 도와준 건 기억하지?"

강혁준의 도움이 없었다면 아타라는 분명 그곳에서 뼈를 묻었을 것이다. 하지만 그것과 별개로 아타라는 경계를 늦추지 않았다.

강혁준 역시 유물을 노리는 자 일수도 있기 때문이다.

파지직!

한 줄기 전격이 바닥을 내려친다. 강혁준의 발 바로 앞이었다. 더 이상 다가오지 말라는 경고라고 봐야 하리라.

'상처 입은 야수란 건가? 잘못하면 불똥이 나에게도 튈 수도 있겠군.'

조심스럽게 행동해야 한다. 지금 당장 그와 싸운다하더라도 이길 확률은 반반이다. 하자하면 못할 것도 없지만, 별로 그러고 싶진 않았다.

적의 적은 아군이라고 했던가? 사실상 강혁준이 증오하는 무리는 몰리튜드였다.

"너와 싸우고 싶은 마음은 없다. 정말이야."

그렇게 말했지만 아타라는 경계를 늦추지 않았다. 전혀 말이 통하지 않는 모양이다. 하지만 그 때, 의외의 구원투수가 나타났다.

"케르륵…. 케르르륵."

멀찍이서 지켜보던 뭉크가 나서서 아타라에게 말을 꺼낸 것이다. 놀랍게도 아타라는 즉각적으로 그의 말에 대꾸했다.

"푸르륵…… 프르륵!"

강혁준은 아무 말 없이 뒤에서 지켜보았다. 어느 정도 대화(?)를 마친 뭉크가 혁준을 바라보며 말했다.

"뭉크 통역한닥."

'별에 별 재주를 다 가지고 있군.'

혁준은 어렸을 때, 보았던 애니가 기억났다. 사람 말을 하는 냐옹이가 다른 몬스터와 대화를 하던 것을 말이다.

"아타라는 당신을 믿지 않는닥. 더 가까이 오면 공격한닥. 그렇게 말하고 있닥."

방법은 많다. 그냥 이대로 물러날 수도 있고, 놈과 싸울 수도 있다. 허나 두 가지 모두 혁준의 마음이 들지 않았다.

"내 말도 전해줄 수 있나?"

"가능하닥. 뭉크는 통역의 천재닥."

"그러면 이렇게 전해줘. 지금 아쉬운 상황은 너라고 말이야. 지금 이 시간에도 몰리튜드는 추적을 하고 있을 거라고. 네가 유일하게 살 수 있는 방법은 나와 협력하는 것이다."

몰리튜드는 후각과 청각이 발달 되어 있다. 아타라가 흘린 피 냄새를 맡고 추적해 오는것은 사실 시간문제일 것이다.

"케르륵… 케르르륵."

뭉크는 그대로 통역을 하는듯했다. 아타라는 고개를 들

어 혁준을 유심히 바라본다. 강혁준 역시 마주 보았다.

"푸르륵……."

"뭐라는 거야?"

"배신은 용서하지 않는닥. 그렇게 말하고 있닥."

강혁준이야말로 배신이라면 치를 떤다.

"아 물론이다. 그럼 간단하게 작전을 설명해주지."

직접적인 의사소통은 안 되지만, 아타라는 지성체나 마찬가지다.

'서당개도 3년이면 풍월을 읊는다는데, 만년이나 살았으니 잘 알아듣겠지.'

그렇게 아타라와 강혁준의 동맹이 성립되었다.

⚜

미궁은 거대할 뿐만 아니라 대단히 복잡했다. 만약 지형적인 특징이 아니었다면 몰리튜드는 이미 아타라를 따라잡았을 것이다.

"냄새가 점점 진해지고 있군."

쉥켄은 커다란 혀로 낼름거리며 말했다. 방금 전에는 이방인 실패하고 말았다. 하지만 시간은 그의 편이다.

부상을 입은 아타라에 비하면 그의 부하들은 아직 쌩쌩하다. 노쇠한 아타라를 죽이고 그의 유물을 손에 얻으리라.

"응?"

평범한 갈림길이다. 하지만 몰리튜드는 모두 혼란스러운 표정을 했다. 왜냐하면 두 군데에서 모두 아타라의 혈향이 느껴졌기 때문이다.

쿵!

화가 난 쉥켄은 들고 있던 망치로 바닥을 찍었다. 이렇게 되면 무리를 둘로 나눌 수 밖에 없기 때문이다.

"이건 함정일지도 모릅니다."

부관이 나서서 말했다. 병력을 나누는 것은 각개격 파의 기본이었다. 그리고 그 점을 쉥켄이라고 모를 리가 없다.

"알고 있다."

다만 문제가 있다면 그걸 알아도 어쩔 수 없이 응하는 수밖에 없다는 점이다.

"부관."

"넵!"

"병력을 100명 줄터이니 오른쪽으로 가거라. 만약 아타라와 조우하면 거리를 유지하면서 추적만 해라."

"알겠습니다."

쉥켄의 부관은 병사를 이끌고 오른쪽으로 간다. 반대로 쉥켄은 나머지 무리를 이끌고 왼쪽으로 길을 나섰다.

반반으로 나뉜 병력은 또 다시 갈림길을 마주하게 되었다.

"으드득……."

쉥켄은 머리 끝까지 화가 났다.

또 다시 갈림길이다. 두 가지 길 중 하나를 선택해야 한다. 적은 치밀하게 함정을 마련하고 있었다.

"그 녀석인가?"

아타라를 마무리하기 직전, 훼방을 놓은 인물이 있었다. 자신에 비해 팔 다리도 가늘고 매우 허약해보이는 녀석이었다. 하지만 놈은 희한한 재주를 가지고 있었다.

빛과 소음을 내뿜는 폭탄으로 300명에 가까운 병사를 혼란상태로 이끈 것이다. 게다가 부관을 시켜 그를 쫓게 만들었지만 여유있게 따돌린다.

'영악한 놈이다. 지금 수법도 녀석의 머리에 나온 것이다.'

아타라와 그 이방인이 무슨 이유로 손을 잡은 것인지는 모르겠다. 허나 분명한 것은 상황이 아주 까다롭게 진행되고 있었다.

'여기까지 와서 아타라를 놓친다? 그것은 절대 용납할 수 없어.'

유물을 얻기 위해서 본거지를 비운지 오래되었다. 만약 유물을 얻지 못한다면 대족장 선발 자리에서 완벽히 제외된다.

"……."

고민을 그리 길지 않았다. 쉥켄은 다시 부하를 반으로 가른다. 그리고 아까 했던 명령을 그대로 반복시켰다.

"절대 적과 싸우지 마라. 알았나?"

"그러겠나이다."

결국 무리가 다시 쪼개졌다.

이제 쉥켄을 따르는 이는 고작 100명에 불과했다.

⚜

'좋아. 계획대로군.'

숫자는 확실히 줄어들었다. 갈림길에서 상대를 분산시키는 전략은 바로 강혁준이 생각한 것이다.

'놈들은 분명 시간에 쫓기고 있었어. 다소 무리를 해서라도 아타라를 잡으려고 했거든.'

전장에서 잔뼈가 굵은 강혁준이었다. 그저 살펴보는 것만으로 적장의 심리가 파악 가능했다.

'조바심을 느끼더라도 티를 내지 말았어야지. 쯧쯧.'

제 아무리 강혁준이라고 하더라도 300의 몰리튜드를 상대하기 힘들다. 그렇기에 일부러 갈림길이 나올 때마다 적을 분산시킨 것이다.

물론 지금의 상황이 만들어진 것은 뭉크의 공이 컸다. 미궁의 지리에 빠삭했던 뭉크가 아니었다면 불가능했다.

무엇보다 아타라의 피로 상대를 유인한 것은 뭉크였다.

뒤뚱거리며 바닥에 피를 뿌리는 일은 뭉크를 생각하니 웃음이 나온다. 여튼 뭉크는 일을 완벽하게 처리했다. 이제 남은 것은 강혁준과 아타라 차례였다.

"아타라. 작전대로 해야 한다."

말이 직접적으로 통하진 않는다. 하지만 서로 눈빛만으로 통하는 것이 있다.

저벅저벅…….

멀지 않은 곳에서 발걸음 소리가 들린다. 몰리튜드의 등장이다. 그리고 선두에는 쉥켄이 앞장 서서 오고 있었다.

'드디어 왔군.'

강혁준은 먼저 나서서 그들의 앞을 막았다.

"크르륵…… 네 놈은?"

쉥켄은 상대를 보자 눈에 불이 튀었다. 다 잡은 물고기를 강혁준 때문에 놓치지 않았던가?

"굼벵이를 삶아먹었나? 어지간히 늦게도 오는군."

강혁준은 대뜸 도발부터 시작했다. 물론 그것은 효과만점이었다.

"크르르륵…… 네 놈의 해골을 제단에 받쳐주마!"

거대한 망치를 들고 앞으로 튀어나온다. 단번에 강혁준을 피떡으로 만들 생각인 것이다.

"아타라!"

강혁준이 외쳤다. 그의 등 뒤에서 한 줄기 유성처럼 튀어 나가는 것이 있었다.

파지직!

그건 아타라였다. 온 몸을 감싸는 전격이 주변을 어지럽힌다. 그는 곧장 쉥켄을 향해 돌진한다.

쉥켄은 충격에 대비했다. 하지만 유려한 몸집을 가진 아타라는 쉥켄을 가볍게 뛰어넘었다.

"……?"

애당초 아타라는 쉥켄을 목적으로 한 것이 아니었다. 오히려 그는 쉥켄의 뒤편에 있던 몰리튜드를 헤집어 놓았다.

파지지직!

새하얀 전격이 몰리튜드를 관통한다. 불시의 일격탓일까? 단 한 번의 공격이었지만 많은 사상자를 기록했다.

"이런……."

아타라의 특성은 전격이다. 쉥켄처럼 마법 저항이 강한 적에게는 약한 편이지만, 잡졸들에게는 무적과 같은 위력을 드러냈다.

반면에 강혁준은 아타라와 반대편이다. 1:다수는 조금 손색이 있지만, 적어도 1:1 대결은 그 누구보다 자신이 있었다.

"어디를 보고 있는 거냐? 네 상대는 나라고."

동시에 강혁준은 벨로시카를 휘둘렀다.

푸하아악!

상반신에 한 줄기 상처가 생겼다. 나름 비겁한 수였지만, 혁준은 개의치 않았다.

"이런 쥐새끼 같은 놈이!"

쉥켄의 상반신이 일순 부풀어 오른다. 그의 근밀도는 어마어마한데다가 악신의 가호까지 받는 자였다.

마치 폭풍이 몰아치는 공격이 혁준에게 이어졌다.

'아드레날린 러쉬.'

동시에 강혁준이 가지고 있던 고유 특성도 발휘되었다. 제 아무리 강력한 공격도 적을 타격했을 때나 위력이 발휘되는 것이다.

강혁준은 한걸음 빗겨남으로서 오히려 적을 카운터 칠수 있는 기회를 만들었다.

푸화아악!

'얕아!'

허리 부분을 베었지만, 큰 타격은 못되었다.

'무기가 아쉽군.'

칼이 제대로 박히지 않는다. 물론 쉥켄만한 적을 상대하는데 있어서 단번에 쓰러뜨리는 것은 과욕이긴 하다.

'장기전이 될지도.'

그것은 강혁준에게 그리 좋은 소식이 아니다. 쉥켄과 싸워서 진다는 계산은 없었다. 오히려 끝까지 가면 이기는 것은 강혁준이 될 것이다.

'문제는 몰리튜드 별동대들인데.'

시간이 지나면 나머지 몰리튜드가 본대에 합류할 것이다. 그렇게 되면 제 아무리 아타라라고 하더라도 못 버틸 것이 자명하다.

'다소 무리지만 더 빠르게 가야겠군.'

쉥켄은 위에서 아래로 망치를 내려찍는다.

쿵!

어찌나 파워가 강력한지 미궁 전체가 흔들리는 듯하다. 더 놀라운 점은 망치 뒷부분에 올라타고 있는 강혁준이었다.

마치 미래를 보는 것처럼 상대의 움직임을 모두 파악한 것이다. 쉥켄은 마치 귀신을 상대하는 기분이었다.

타닥!

강혁준은 오히려 앞으로 뛰어든다. 거의 2m에 가까운 도약이었다.

'죽고 싶은 모양이구나.'

쉥켄은 혁준을 비웃었다. 미꾸라지처럼 잘 피하다가 마지막에 실수를 했기 때문이다.

겉으로 보기에는 쉥켄이 무방비해보인다. 무기는 이미 내려친 후였기 때문이다. 하지만 몰리튜드는 또 하나의 무기가 더 있었다.

바로 날카로운 이빨이었다.

입을 크게 벌리고 머리를 앞으로 들이민다. 공중에 떠 있는 혁준을 그대로 물어뜯을 작정이다.

"크와아악!"

어디를 살펴보아도 피할 구간은 없어보였다. 절체절명인 위기의 순간이었다.

Part 42. 프르가르흐

'낼페티쉬의 역장.'

혁준이 방어형 스킬을 발동시켰다. 적의 공격을 막기 위해서가 아니다.

타닥!

역장은 생겨나는 것만으로 물리력을 지닌다. 강혁준은 그를 디딤돌 삼아 방향전환을 해낸 것이다.

콰직!

턱주가리가 닫힌다. 하지만 놈의 입에 걸린 것은 없었다.

'그걸 피했다고?'

쉬켄의 신장은 3m를 가볍게 넘는다. 신장이 크면 공격범위가 길고 강한 타격이 가능하지만 빈틈도 그만큼 큰 것이다.

그는 쉥켄의 다리 사이로 굴러들어가, 자연스럽게 등 뒤를 선점했다.

아공간 주머니에서 쉥켄에게 줄 선물을 꺼내든다. 무려 155mm 자주포탄이었다.

이대로 터뜨려 놈을 잡을 수 있을지는 미지수다.

확률은 기껏해야 반반정도?

허나 그건 멍청이나 할 짓이다. 쉥켄이 죽지 않더라도 강혁준 역시 포탄에 휘말린다. 최악의 경우 동귀어진이 될 수도 있다.

'자살은 관심없지.'

대신 강혁준은 한 가지 방법을 떠올렸다.

'낼페티쉬의 역장.'

155mm 포탄의 겉을 역장으로 감싼다. 혹시 모를 충격으로 터지는 것을 막기 위함이다. 그리고 포탄을 쉥켄의 엉덩이 사이로 밀어 넣는다.

"크으윽?!"

쉥켄은 황당했다. 목숨이 오가는 전투에서 난데없는 X침이라니.

'이런 치욕을 당한 적이 있던가?'

끓어오르는 분노를 참을 수 없다. 쉥켄은 주먹을 불끈 쥐고 휘둘렀다.

퍼억!

놀랍게도 강혁준은 그것에 정통으로 처맞았다. 순식간에 5m를 날아간다.

"…….?"

꺼림칙하다. 분명 적에게 통한의 일격을 먹였지만 찜찜하기만 하다. 쉥켄은 저 멀리 날아가는 혁준의 표정을 살폈다.

씨익!

불시의 일격을 당한 자의 표정이 아니다. 게다가 그는 가운데 손가락을 들어 올리고 있었는데, 거기에는 철사로 된 고리(수류탄 안전핀)가 걸려 있다.

"Hasta la vista(멕시코어로 잘 가라라는 뜻)."

콰콰쾅!

엄청난 폭발이 그의 내장에서 시작되었다. 그의 외피는 막강한 물리 저항으로 보호받지만 내장까지는 아니다.

엄청난 폭압을 이기지 못한 쉥켄의 몸은 순식간에 수만 갈래로 찢겨져버렸다.

화르륵!

제법 거리를 벌였건만 만만치 않는 폭압이 혁준을 내동댕이친다.

"쿨럭……."

혁준은 한 차례 기침을 토해낸다. 몸을 살펴보니 부상이 극심하다. 일단 왼팔이 골절 상태다. 게다가 굵다란 파편

하나가 허벅지 부위에 꽂혀 있었다.

"후아……. 두 번 이상 할 짓은 아니군."

혁준은 일어나서 주변을 살펴보았다.

엄청난 폭압에 나머지 이들도 충격을 받은 모양이다. 몰리튜드들은 비실거리거나 바닥에 쓰러져 있었다.

"쉬켄님의 영향력이 사라졌다."

"쉬켄님이 죽으셨단 말인가?"

경악에 찬 소리가 들린다. 악마어라 혁준은 그 뜻은 알아들을 수 없었다. 다만 확실한 것은 쉬켄의 죽음이 그들에게 큰 충격으로 다가온 것이다.

혁준은 아픈 몸을 이끌고 아타라에게 다가갔다. 지금 편하게 누워있을 시간이 아니다.

'역시 우두머리부터 치는 것이 주효했군.'

강혁준이 데빌과 전쟁을 할 때, 자주 쓰는 전략이 바로 이것이다. 다소 무모할지라도 적의 수장과 1:1 일기토를 벌이는 것.

데빌의 특성상 우두머리를 잃으면 쉽게 와해되는 경향이 있다. 특히 위계질서가 뚜렷한 몰리튜드는 더욱 주효할 것이다.

"어떻게 해야 하지?"

"누가 명령을 내려줘!"

이미 아타라에 의해 절반 이상이 전투 불능상태다. 그런데 강혁준까지 가세한다?

몰리튜드는 더 이상 버티지 못했다.

"깨갱. 깽."

싸움에 패배한 개가 되어 지리멸렬하게 도망친다.

"휴……."

힘든 전투가 끝났다. 혁준은 그 자리에서 주저앉는다.

'놈들은 더 이상 위험이 되지 않을 것이다.'

몰리튜드는 이미 쉥켄이라는 머리를 잃었다.

아마 본거지로 돌아가는 대로 전력을 정비하고 새로운 우두머리를 선출 할 것이다.

차후에 다시 혁준에게 도전을 해도 상관없다. 미궁은 복잡한 반면에 혁준에게는 뭉크라는 길잡이가 있으니까.

치고 빠지는 형식으로 얼마든지 적을 유린할 수 있다. 결국 승리하는 것은 강혁준이 될 터였다.

"쉥켄이라고 했던가? 그 놈 정수를 못 먹는 것이 아쉽군."

155mm 포탄의 파괴력은 뛰어나다. 하지만 단점도 분명 있다. 정수째로 날려버리기 때문에 정수를 얻는 용도로는 빵점에 가깝다.

할짝…….

뭔가 축축한 것이 뺨에 닿는다. 무언가 싶어서 바라보니 바로 아타라였다. 그는 혀를 내밀어 혁준의 다친 상처를 어루만져주었던 것이다.

"윽… 간지럽다고."

얼마 전만해도 그렇게 경계를 하더니만. 지금은 완전 애완동물처럼 구는 것이 아닌가?

"푸르륵… 푸르륵……."

아타라는 예전처럼 고압적인 자세를 하지 않았다. 오히려 무릎을 꿇고 혁준 옆에 다소곳이 앉는다.

"그래. 너도 배은망덕한 녀석은 아닌가보구나."

만일 혁준이 아니었다면 결국 아타라는 쉥켄에 의해 죽임을 맞이했을 것이다.

"쩝. 원래라면 유물까지 접수하려고 했지만."

말 못하는 짐승이라도 공동의 적을 두고 싸웠다. 차마 등 뒤를 찌르는 비열한 짓을 할 수는 없다. 배신의 아픔을 누구보다 잘 아는 사람이 바로 강혁준이었으니까.

"잘 있어라."

강혁준은 그렇게 말하면서 떠나려고 했다. 그런데 아타라가 갑자기 자신의 앞을 막는 것이 아닌가?

"무슨 일이야? 너랑 나와의 일은 모두 끝난 것 같은데?"

의문도 잠시, 아타라는 고개를 하늘로 올린다. 그리고 무언가를 토해내기 시작했다.

"우웨에에엑…. 우웨에엑!"

"……."

갑자기 구토를 하는 아타라. 혁준의 표정은 약간 일그러졌다.

아타라의 입에서 나오는 것은 놀랍게도 긴 대검이었다. 은은하게 빛을 발하는 그것은 한 눈에 보아도 범상치 않다.

쩔그럭!

대검은 바닥에 떨어진다.

"……."

"……."

잠깐의 침묵.

답답한 아타라가 결국 발굽을 움직여 대검을 혁준 쪽으로 밀어준다.

"나에게 주는 건가?"

"푸르륵…… 푸르륵……."

아타라가 고개를 끄덕인다. 차라리 뭉크가 있다면 충분히 대화라도 할 텐데.

혁준은 검지와 엄지로 대검을 집었다.

"윽……."

끈적이는 아타라의 분비물이 느껴진다. 말로만 듣던 유물이 바로 대검을 뜻하는 모양인데……

'생각보다 비위생적인 보존 방법이군.'

뚝… 뚜둑…….

검신을 타고 흐르는 타액이 바닥에 떨어졌다.

"푸르르륵……."

아타라는 그제야 만족을 했다. 그는 평생 동안 주인의

애검을 뱃속에 넣고 있었다. 바로 사악한 데빌에게 그것을 지키기 위해서 말이다.

하지만 오랜 시간이 지나고 자신의 수명이 끝나가고 있음을 느끼자 그는 혼란스러워졌다. 죽음이란 달콤한 잠에 빠져서 옛 주인을 만나고 싶지만, 그럴 수는 없다.

살아생전, 주인이 목숨처럼 아끼던 애병을 지키기 위해서다.

처음 아타라는 혁준에 대해 경계심을 가지고 있었다. 허나 그는 사악한 데빌을 맞서는 용감한 기사였다. 그리고 자신의 주인 역시 데빌과 맞서 싸우던 기사였고.

그라면 주인의 의지를 이어줄 것이다.

"푸르르륵……."

아타라는 뒤로 되돌아섰다. 이제 헤어질 시간이다. 그에게 남은 시간은 그리 길지 않았다.

다그닥…. 다그닥…….

혁준은 어둠 너머로 사라지는 아타라를 지켜보았다.

아타라는 미궁의 중심지로 향했다. 낡아서 부스러진 갑옷만 남아있는 곳으로.

"푸르르륵……."

빈 공실에는 아무도 없었다. 하지만 아타라는 정든 고향에 온 기분이었다. 물론 그가 태어난 장소는 이런 어둡고 축축한 어비스가 아니다. 하지만 마음만큼은 예전의 그 때로 되돌아온 기분이다.

옛 기억이 살며시 떠오른다.

황금색 갑옷을 입은 기사는 대검을 들고 천하를 호령한다. 그 명령에 맞추어 아타라 역시 적진을 누비면서 악마를 격살시켰다.

그 때가 바로 영광의 때였으며, 이제는 절대로 되돌이킬 수 없는 추억이었다.

"푸르르르르……."

아타라는 부스러져가는 갑옷을 중심으로 바닥에 몸을 뉘였다.

점점 눈꺼풀이 무거워진다. 기분 좋은 노곤함이 온 몸을 지배하는 느낌이다.

그는 눈을 감았다.

⚜

어둠너머로 사라진 그가 보인다.

'다시는 못 만나겠지.'

설명할 수 없지만, 그런 예감이 들었다.

'그나저나 이것이 쉥켄이 노리던 유물이 확실한데.'

강혁준은 찝찝한 기분이 들었지만 검 자루를 제대로 잡았다. 그러자 가만히 있던 검이 부르르 떨기 시작한다.

"응?"

본래 가드 부분은 감겨있는 눈동자 형태의 장식이 박혀 있었다. 그런데 마치 살아있는 생명체처럼 그것이 번뜩 눈을 뜨는 것이 아니던가?

-S급 아티팩트를 손에 넣었습니다.

-프르가라흐(S급): 전설급의 무구입니다. 광명의 신이 내려준 검으로 악을 단죄하는 힘이 있습니다.

하루에 3번 검의 주인을 치유할 수 있으며, 모단카이너 능력을 가지고 있습니다.

*모단카이너: 스스로 의지로 적을 공격할 수 있는 소환체가 됩니다.

설명만 들어도 엄청나다.

벨로시카 같은 폐급 아이템과 차원이 다르다. 첫 만남이 산뜻했던 것은 아니다. 하지만 그 위력이나 특수 능력은 예전에 그가 가졌던 무구보다 뛰어나다.

쉥켄이 왜 죽자사자 이것을 노렸는지 알 것 같았다.

"치유의 힘을 어떻게 사용하지?"

안 그래도 지금 팔 다리 성한 곳이 없다. 155mm 포탄에 휩쓸린 까닭이다. 하지만 그의 내심을 읽은 것일까?

프르가라흐에서 광휘의 빛이 혁준을 감싸기 시작했다.

"으음……."

따뜻하면서도 시원하다. 두 단어가 공존되기 어렵다는

것은 알지만 그것말고는 지금의 기분을 표현하기 어렵다.

파아아앗!

몸의 상처는 급속도록 아물기 시작했다. 골절된 뼈도 순식간에 붙어버린 것이다.

"쩌는데?"

회복 아이템으로서 아주 훌륭하다. 하루에 3번이라는 제약이 있지만, 그 말인즉 매일매일 3번이나 치료할 수 있다는 말도 된다.

다음은 검의 절삭력을 알아볼 시간이다. 강혁준은 검을 들어서 벽면에 살며시 눌러보았다.

그그그극…….

무슨 두부자르듯이 스르륵 지나간다. 저항감도 거의 느껴지지 않는 것이 어마어마한 절삭력이다. 예전에 들고 다니던 벨로시카와 비교하기가 미안할 지경이다.

'아타라가 몰리튜드를 제법 잡았구나.'

대략 50명 이상의 몰리튜드가 숯덩이가 되어있다. 혁준은 정수를 채집하기 위해서 시체 곁으로 다가갔다.

'아 참. 그러고보니 악을 단죄하는 힘이 있다고?'

설명구에 적힌 것이 기억났다. 혁준은 프르가르흐로 몰리튜드의 사체를 갈랐다.

화르르륵…….

놀랍게도 가른 부위에 푸른 불꽃이 붙는다. 악을 단죄

하는 힘은 바로 이걸보고 말하는 모양이다.

'이거 정말 터무니없는 걸 주웠네.'

어비스에서 예상외의 득템을 한 기분이다.

타다다닥…….

멀지 않은 곳에서 발소리가 들렸다. 그것은 아마 무언가에 쫓기고 있는 듯 했다. 어디서 많이 듣던 목소리가 덤으로 들린다.

"뭉크 살려락! 뭉크 살려락!"

짧은 팔다리를 열심히 내밀면서 뛰어온다. 그리고 그 뒤를 성난 몰리튜드가 추격중이었다.

"우웨에엑!"

뭉크는 퇴로를 향해 녹색 소화액을 쏘아 붓는다.

촤라르르르륵!

몇몇 몰리튜드는 그것을 뒤집어썼다.

"크아악!"

단단한 세레브릭의 비늘도 녹이던 소화액이다. 그것을 뒤집어쓴 몰리튜드의 몸 자체가 녹아버린다. 꽤나 그로테스크한 장면이 벌어졌다.

"피… 피해라!"

"피부에 닿으면 위험해."

뭉크 역시 미궁에서 생존했던 데몬이다. 나름 비장의 한 수가 있었던 것이다.

Part 43. 무신론자

쫓기는 뭉크를 보며 혁준은 한숨을 쉬었다.

"하아……."

뭉크는 이번 작전에서 큰 역할을 맡았다. 이제 와서 모른 척 할 수는 없다.

타다닥!

혁준은 몰리튜드를 향해서 뛰어간다. 뭉크는 그제서야 달려오는 혁준을 발견했다. 안 그래도 잡히기 일보 직전이었다.

반가운 마음에 뭉크는 그의 품을 향해 풀쩍 뛰었다. 더불어서 그 작은 팔을 활짝 벌린다.

"뭉크 반갑닥. 뭉크 안아달락."

질퍽거리는 녹색 액을 입에 잔뜩 흘리면서 소리친다. 하지만 혁준은 그것과 부비부비하고 싶은 마음이 없었다.

퍼억!

그는 뭉크를 발로 차버렸다.

"꾸엑!"

이상한 비명을 지르며 뒤로 날아가는 뭉크.

살았다는 안도감과 안아주지 않은 혁준에 대한 서운함이 공존하는 표정이었다.

"크라락. 새로운 적이다!"

그들은 강혁준을 발견하고 소리쳤다.

'마침 잘 되었군.'

강혁준은 새로운 무기를 쓰고 싶어 안달난 상태였다.

혁준이 가만히 서서 적들이 오기만을 기다린다. 이윽고 3마리의 몰리튜드가 부딪히기 직전까지 치달았다.

살아있는 적을 마주하자 프르가라흐는 더욱 맥동치기 시작했다. 손아귀를 통해 느껴지는 생동감은 마치 살아있는 생명체와도 같다.

스걱!

혁준은 시험삼아 가볍게 휘둘렀다.

푸화아악!

그 결과는 경이로울 지경이다. 몰리튜드는 3마리의 상반신이 그대로 잘려나가버린 것이다.

투두둑!

하반신은 앞으로 움직이지만, 반대로 상반신은 두둥실 떠오른다. 더 놀라운 것은 두꺼운 배틀액스까지 반으로 갈라버린 것이다.

'이거 대단한데?'

만일 벨로시카였다면 상대의 무기에 가로막혔을 것이다. 그저 무기하나 바뀌었을 뿐인데, 전투 양상은 180도 달라졌다.

제 아무리 신의 은총을 받고 있더라도 몸이 두동강이 나면 살 수가 없다.

"적은 하나다! 몰아쳐라!"

쉥켄의 부관이 소리쳤다.

명령에 따라 두려움을 잊고 달려든다. 기세로 보아 아직 쉥켄의 죽음을 모르는 듯 했다.

프르가라흐는 검신의 길이만 하더라도 2m를 웃도는 대검 중의 대검이다. 아마도 본래 주인의 신장에 맞게 제작된 모양이다.

분명 혁준이 다루기에는 부담스러운 크기다. 하지만 그는 많은 무기를 다뤄본 경험이 있었다. 어색한 것도 잠시, 그는 그것을 수족처럼 휘두르기 시작했다.

푸화아아악!

회전을 이용해서 파괴력을 배가시킨다. 그저 스치는 것

만으로 몰리튜드는 나가떨어진다.

"크아아악!"

꼭 치명상을 입힐 필요도 없다. 스치는 것만으로 상처부위가 불타오른다. 악을 단죄하는 프르가라흐의 이능이 발휘된 것이다.

"사… 상대가 되질 않아."

"으으으윽… 참을 수 없는 고통이다!"

악시온의 은총은 몰리튜드를 광전사로 만든다. 고통을 잊고 적을 찢어발길 수 있는 힘을 얻게 되는 것이다.

허나 프르가라흐에 가까이 다가가면 그런 신의 은총도 무색해지게 된다. 푸른 불길에 휩싸이면 도저히 감당하기 어려운 고통이 엄습하는 것이다.

"후… 후퇴하라!"

이러다가 전멸은 시간문제다. 부관이 명령을 내렸지만 혁준은 그들이 도망치게 놔둘 생각이 없었다.

'크래그의 촉수!'

촤라라락!

후퇴하던 몰리튜드의 목을 감싸는 촉수들!

"끄그극!"

숨이 제대로 안 쉬어진다. 하지만 더 무서운 점은 따로 있었다.

질질질…….

서서히 혁준에게 끌려가는 자신을 발견하는 것이다.

"사… 살려줘!"

"끄으윽!"

몰리튜드는 공포를 모르던 전사였다. 설사 전투 중에 장렬하게 전사하더라도 일말의 주저함이 없었다.

허나 강혁준을 마주한 지금은 그렇지 않았다. 어떻게 해서든 그에게서 멀리 떨어지고 싶은 마음 뿐이다.

몰리튜드가 공포에 질린 이유는 간단했다. 프르가라흐에서 흘러나오는 광휘의 빛은 닿는 것만으로 죽음의 공포를 일깨워주는 것이다.

용감하고 영광스러운 죽음이 아니다. 볼품없이 밟혀죽는 바퀴벌레나 다름없는 말로다. 싸울 의지를 잃은 그들은 서로를 밀어뜨리면서 도망쳤다.

강혁준이 보기에 몰리튜드는 유용한 정수나 마찬가지다. 한 마리도 빠질 수 없다.

푸화아악!

푸확!

결국 도망에 성공할 수 있었던 몰리튜드는 5마리도 되지 않았다. 혁준에 의해 일방적으로 살해당한 몰리튜드의 시체가 바닥에 즐비하다.

"뭉크 놀랍닥. 당신 유물을 손에 넣었닥. 뭉크 경이롭닥."

숨어서 지켜보던 뭉크가 그제야 모습을 드러낸다.

"아…… 확실히 좋은 무기를 얻었어."

프르가라흐는 정말로 무시무시한 무기였다. 태생부터가 악마를 무찌르기 위해 태어난 것 같다. 모든 점이 뛰어나지만 단 한가지 아쉬운 점이 있었다.

'날이 너무 잘 들어서 그런가? 손맛이 거의 없어.'

적을 베었다는 저항감이 거의 없다보니 적을 썰어버리는 즐거움이 적다. 어떻게 보면 배 부른 자의 투정이기도 하다.

프르가라흐에 대해서 몇 가지 궁금한 점도 있었다.아타라의 정체가 무엇인지, 무기의 주인에 대해서도 아는 점이 없다.

'나중에 차차 알아봐야겠군.'

어차피 지금 머리를 굴러봤자 알 수 있는 것은 없다.

"뭉크 뛰어서 배 고프닥. 저거 먹어도 되낙?"

죽어나자빠진 몰리튜드의 시체를 가리킨다. 혁준은 고개를 저었다.

"아직 정수를 빼지 않았어."

"그건 걱정하지 말아락."

그렇게 말하고 난 후, 뭉크는 햄버거처럼 쌓인 시체가 있는 곳으로 앙증맞게 뛰어간다.

"쩝… 쩝!"

마치 턱 관절이 빠진 것 같다. 거대한 보아뱀이 먹이를 삼키는 것처럼 말이다. 자신보다 큰 몰리튜드가 순식간에 뱃속으로 사라지는 순간이다.

꾸울꺽!

배가 불쑥 튀어나온다. 하지만 실시간으로 소화되더니 금세 쪼그라들기 시작했다.

끄으으억!

혁준은 코를 잡으면서 말했다.

"트림하면서 이쪽으로 보지 말라니까."

혁준의 타박이 이어진다. 뭉크는 고개를 끄덕인다. 이윽고 입 밖으로 작은 수정을 내뱉는다.

퉤!

몰리튜드의 정수였다. 뭉크는 그것을 들고 혁준에게 가져다주었다.

"뭉크 정수 필요없닥. 뭉크는 고기가 좋닥."

사실 정수를 찾기 위해서 시체를 해체하는 것은 힘도 들고 거추장스러운 작업이다. 하지만 뭉크는 그 작업을 매우 간단하게 만들어주었던 것이다.

배가 고픈 뭉크는 순식간에 몰리튜드의 시체를 말끔히 청소해버렸다. 혁준에게 남겨진 것은 다량의 정수였다.

강혁준은 몇 개만 남겨두고 모조리 흡수하기 시작했다.

—몰리튜드의 정수를 흡수합니다. 분배가능한 포인트 30점을 얻습니다.

A 등급으로 상향되면서 예전처럼 많은 능력치가 주어지지는 않았다. 그렇다고 하더라도 추가 능력치 30점이 작다는 것은 아니다.

[강혁준]

총합 : A등급

능력치

근력: 66

체력: 69

인지력: 94

민첩성: 77

마력: 59

물리 내성: 40

마법 내성: 39

벨런스를 맞추어서 올린다.

어비스에 온지 얼마 안 되었건만 능력치가 쑥쑥 올라간다. 이제 밖으로 나갈 시간이다.

간만에 포식한 뭉크는 바닥에 드러누워있었다.

"뭉크 천국 왔닥. 뭉크 기분 좋닥."

혁준은 그를 일으켜 세우면서 말했다.

"뭉크. 그만 일어나. 이제 미궁에서 벗어나야지."

"뭉크 잠이 온닥. 이건 불가항력이닥."

"정말? 그럼 나 혼자 간다. 그 동안 즐거웠어."

혁준은 그렇게 말하면서 혼자 걸어간다. 깜짝 놀란 뭉크는 벌떡 일어나서 그를 쫓아온다.

"뭉크가 길을 인도한닥. 뭉크 버리지 마락."

뭉크는 어렴풋이 알고 있었다. 그를 따라가면 적어도 배고플 일은 없다는 것을.

⚜

오랜 시간이 걸려 드디어 미궁 밖으로 나왔다.

"휘유……."

미궁 밖을 나오고 드디어 어비스의 실체와 마주할 수가 있었다. 어비스는 말 그대로 거대한 지저 세계였던 것이다.

해와 달이 없기 때문에 어둠에 휩싸여야 하는 것이 옳다. 허나 천장에 별처럼 박힌 보석이 은은한 빛으로 대지를 비추고 있었던 것이다.

"……."

미궁에서 나온 건 좋다. 그러나 지금 발을 딛고 있는 곳이 대체 어디인지 알 수가 없다.

"뭉크,"

"뭉크 듣고 있닥."

"신을 믿지 않는 데빌도 있다던데."

어비스 생존자에게 귀뜸으로 들은 이야기가 있다. 데빌이라고 모두 신을 믿는 것은 아니다. 무리에서 적응하지 못한 데빌도 있는가하면, 애초에 신을 믿지 않는 종족들도 있다.

어비스에서는 그들을 가리켜 애디스트(atheist)라고 했다. 무신론자라는 뜻으로 보통 자의적 무신론자보다 대부분 타의적으로 신을 믿지 못하게 된 자를 의미한다.

"뭉크 애디스트 안닥. 멀지 않은 곳에 애디스트 무리가 모여 사는 도시도 있닥."

듣던 중 반가운 소리다. 어차피 신이 있는 데빌은 잠재적인 적들이나 마찬가지다. 어비스에 있는 악신은 거의 대부분이 인간계를 침공할 마음을 가지고 있기 때문이다.

"애디스트 위험하닥. 뭉크는 그곳을 추천하지 않는닥."

애디스트가 무신론자라고 해서 절대 착한 건 아니다. 애디스트 사회는 무질서하며 온갖 범죄와 거짓으로 가득 차 있었다.

절대 만만히 볼 수 있는 장소는 아니다.

"괜찮다. 어차피 적은 많거든."

강혁준은 미궁에서 몰리튜드의 행사를 방해했다. 어쩌면 악시온이 앙심을 품고 혁준을 잡기 위해 새로운 군대를 조직했을 수도 있다.

'그럴바에 애디스트 무리 속에 숨어있다면 제일 좋을지도.'

강혁준이 약간 강해지긴 했지만, 아직 갈 길이 멀다. 차근차근 단계를 밟아가면서 절대 강자가 될 생각이었다.

그러기 위해서 첫 시작은 아무래도 애디스트의 도시가 안성맞춤이었다.

✣

일주일간의 여행.

어비스는 정말 광활했다. 그리고 곳곳에 위험이 도사리고 있었다. 잠자고 있는데 갑자기 튀어나오는 독충부터 간혹 산이라고 착각될만큼 거인들까지.

지구와 비교하면 완전히 별나라 세계나 마찬가지다.

"뭉크가 찾았닥. 저곳은 도시 애머른이닥. 애디스트들이 살고 있닥."

애머른에는 수백의 다양한 데빌이 섞여 살고 있었다. 하지만 그들은 한 가지 공통점이 있는데 모시는 신이 없다는 점이다.

우글우글…….

도시와 가까워질수록 데빌의 숫자는 기하급수적으로 늘어난다. 키가 4m는 됨직한 데빌이 있는가하면 뭉크와 비슷한 크기의 데빌도 있었다.

워낙 다양한 데빌이 존재해서일까? 인간 형상을 한 강혁준도 거기서는 별로 눈에 띄지 않는다.

"찌리리릭."

도시의 입구를 통해 들어가려는데 누군가가 창대로 혁준의 앞을 막는다. 혁준은 고개를 돌려서 자신을 막은 데빌의 존재를 살펴보았다.

"찌리릭. 아쿠아락."

갑각류 형태의 데빌이었다. 딱딱한 키틴질로 이루어진 몸통에 다리는 한 쌍인데 비해, 팔은 두 쌍이나 된다. 눈도 총 4개나 달려 있어서 마치 외계인을 마주하는 기분이다.

"미안한데 무슨 말인지 모르겠는걸?"

혁준은 두 손을 들고 최대한 상대를 자극하려고 하지 않았다. 상대는 무질서한 애머론에서도 유니폼을 입고 있는 데빌이었다.

'도시의 자경대쯤 되는 걸까?'

혁준과 말이 통하지 않자, 데빌은 더욱 창을 들이민다. 잘못하면 칼부림이 일어날 것 같았다.

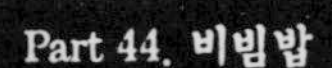

Part 44. 비빔밥

“에살롬. 안탈로네암.(무례를 범하지 말아라. 경비병!)”

아름다운 여성의 목소리가 들려온 것이다. 혁준을 비롯한 모든 이들의 시선이 그곳을 향한다.

그녀는 어느 여인보다 뛰어난 미모를 가지고 있지만 인간과는 다른 몇 가지 특징이 있었다.

먼저 하늘거리는 옷자락 뒤에 보이는 검은 꼬리가 그 첫 번째다. 채찍처럼 부드럽게 휘어지는 그것은 한시도 가만히 있지 않고 변화무쌍하게 움직인다.

두 번째로 그녀의 이마에 솟아난 작은 두 개의 뿔이다. 그것을 보자 혁준은 예전의 악몽이 떠올랐다.

“슬라쉬?”

회귀 전, 데빌의 대군단에서도 제일 막강했던 4가지 종족이 있었다. 그 중에서도 혁준이 제일 상대하기 어려웠던 데빌이 바로 슬라쉬였다.

슬라쉬는 아름다운 선남선녀처럼 보이지만, 무지막지한 마력을 지닌 치명적인 소서러들이다. 그들이 섬기는 악신의 이름은 타라쓰라고 하며 쾌락과 마법의 신이다.

타라쓰가 추구하는 것은 극한의 쾌락이다. 그 덕분인지 슬라쉬들은 지독한 에피큐리언(향락주의자)이 대부분이다.

대개의 슬라쉬는 방탕하고 가학적인 성격을 가지고 있었는데, 적을 바로 죽이기보다는 천천히 시간을 들여 고문하는 것을 좋아했다.

그 과정이 정말로 끔찍했기에 후에 이런 말이 떠돌기도 했다.

'슬라쉬와 전투할 때에는 늘 총알 하나를 아껴 놓아라. 유용하게 쓰일 때가 있을 것이다.'

슬라쉬에게 잡히는 것보다 총구를 입에 물고 방아쇠를 당기는 것이 더 낫다는 웃지 못할 격언이었다.

강혁준에게도 끔찍한 기억을 선사했던 데빌이 바로 눈앞에서 천천히 걸어오고 있었다. 길을 막고 있던 키틴질의 데빌이 뒤로 물러난다.

"제 종족 이름을 잘 알고 계시군요. 인간이여."

슬라쉬의 교태로운 목소리가 귀를 간질인다. 고위 데빌

인지 목소리에 의지를 자유롭게 싣는 것이 가능하다.

"이런저런 일이 있었거든."

슬라쉬는 지독한 데빌이었지만, 혁준은 태연하게 말했다. 타라쓰를 믿는 슬라쉬는 분명 위험한 존재다. 당장 칼부림이 일어나야 정상이겠지만, 이곳은 애디스트의 도시 애머론이다. 그 말인즉 그녀 역시 무신론자라는 뜻이다. 악신을 믿는 자들은 애디스트 사이에 낄 수 없기에.

"일단 아쿰의 무례에 용서하죠. 가끔 불순한 의도를 가진 무리가 애머른에 들어오기도 하거든요."

키틴질의 데빌의 이름이 아쿰인 모양이다.

"그건 상관없는데……."

혁준은 의아한 감정이 들었다. 눈앞의 슬라쉬는 애머론에서도 어느 정도 직책을 가진 자로 보인다. 주위에 있던 경비병들이 조심스러운 태도로 그녀를 대하고 있었기 때문이다. 그런 고위 관리자가 갑자기 이곳에 나타난다? 우연이라고 하기엔 무언가 꿍꿍이가 있어 보인다.

"이런 과도한 관심은 부담스러워서 말이야."

설명을 요구하는 것이다. 슬라쉬는 고혹적인 미소를 지었다.

"그렇군요. 그럼 잠시 자리를 옮길까요? 절대 당신에게 해가 될 짓은 하지 않겠습니다."

슬라쉬라고는 믿기 힘든 공손한 태도다. 하지만 멍청하

게 그것을 믿어야 할까? 저렇게 말하고 뒤통수 치지 않으란 법도 없다.

"좋아."

하지만 혁준은 고개를 끄덕인다. 설사 그들이 검은 속셈을 가지고 있더라도 혁준은 얼마든지 헤쳐나올 자신이 있었다.

"과연……."

슬라쉬는 그렇게 말하고는 길을 안내하기 시작했다. 입구에서 멀지 않은 곳에 작은 건물이 지어져 있다.

응접실에 인도되었다.

'잠복한 무리는 없군.'

함정을 파놓았다면 다수의 매복자를 준비시켰을 것이다.

"자리에 앉으시죠. 간단하게 마실 것을 내어드릴까요?"

혁준은 손을 저어서 거절했지만, 뭉크는 고개를 끄덕인다.

"뭉크 마시는 것 좋아한닥. 뭉크 먹는 것도 좋아한닥."

"대식가와 함께 오셨군요. 특식을 준비하도록 하죠."

그녀는 수하로 보이는 데빌에게 몇 가지 명령을 내린다. 이윽고 산처럼 쌓인 음식이 대령되었다. 결국 제일 신이 난 것은 뭉크였다.

그는 게걸스럽게 음식을 뱃속에다가 집어넣기 시작했다.

"뭉크 행복하닥."

혁준은 그런 그를 뒤로하고 본격적인 서론을 꺼내었다.

"나에 대해서 어디까지 알고 있는 것이지?"

어비스에 온 기한을 다 합치면 한 달도 되지 않는다. 그리고 그동안 미궁에서 갇혀있었다. 그 누구도 강혁준에 대해서 아는 것이 없어야 한다.

하지만 눈앞의 슬라쉬는 그렇지 않다. 어비스에서 지내며 인간을 접해본 적 자체가 없는데, 혁준의 정체에 대해서 바로 알아차린 것이다.

"경계할 필요 없어요. 저는 당신의 적이 아니랍니다."

"그거야 알 수 없지."

혁준은 날선 태도에 그녀는 쓴웃음을 짓고 말았다.

"좋아요. 설명하기에 앞서서 통성명부터 하죠. 제 이름은 루카 메슬헨이랍니다. 보시다시피 지금은 신에게 버림받은 자랍니다."

"내 이름에 대해서는 알고 있는 거 아니었던가?"

혁준은 넌지시 물어보았다. 하지만 루카는 고개를 저으며 대답했다.

"저와 당신은 오늘 처음 만났지요. 그런데 어떻게 당신의 이름을 알겠나요?"

"좋아. 내 이름은 강혁준이다. 뭐 어떻게 부르든 상관 없지만."

"그렇군요. 혁준씨라고 부르도록 하죠. 그리고 당신의 방문 소식은 일주일 전부터 알았어요."

그녀는 품에서 여러 장의 카드를 꺼낸다.

"제 특기 중의 하나가 바로 마력을 이용해서 미래의 일을 점치는 것이죠."

그녀는 테이블 위에다가 카드를 주르륵 깐다. 마치 타로 카드처럼 말이다. 그 중에서 3장을 추슬러낸 다음에 한 장씩 뒤집기 시작했다.

첫째는 박살난 수레바퀴의 그림이었고 둘째는 바위에 꽂혀 있는 검을 뽑는 남자였으며, 마지막으로는 항아리에서 풀려난 악령의 그림이었다.

"첫번째는 기존의 흐름에서 벗어난 존재가 있다는 것을 뜻이지요. 검을 뽑는 남자는 그의 강성한 능력을 뜻하는 것이구요. 마지막인 항아리에서 풀려난 악령은 그 존재가 이곳에 강림할 것이라는 내용이랍니다."

"귀에 걸면 귀걸이이고 코에 걸면 코걸이 아닌가?"

해석을 하는 내용이 너무 작위적이라는 생각이 들었다. 하지만 그녀는 고개를 저으며 대답했다.

"100% 확실하지는 않아요. 사실 점괘에서 말하는 존재가 당신이 아닐 수도 있어요. 그렇지만……."

점괘는 꽤 정확한 편이지만 추상적이라 해석이 분분한 경우가 많았다. 하지만 그녀의 두눈은 반짝이고 있었다.

"당신을 처음 보는 순간 확신이 들었어요. 점괘의 주인공은 바로 혁준씨라는 걸요."

"무슨 근거로?"

루카는 혀로 자신의 입술을 살짝 축였다.

"여자의 감이라고 할까요?"

혁준은 피식 웃고 말았다. 루카는 이지적이고 냉철하면서도 비논리적이었다.

"그렇군. 그래서? 나에게 바라는 것이라도 있나?"

혁준은 두 손을 들어 보이며 말했다.

"아니요. 저는 그저 이곳이 당신의 마음에 들었으면 해서요. 신을 믿지 않는 자들의 도시에 온 것을 환영해요."

이제 와서 바라는 것이 없다고?

'그럴 리가 없지. 생각보다 위험한 슬라쉬일지도 모르겠군.'

설사 적대하지는 않더라도, 마음을 놓아서는 안 된다. 잘못했다가는 그녀의 장기 말과 같은 존재가 될지도 모른다.

'아름다운 장미는 가시를 품기 마련이니까.'

루카는 정말로 아름다운 슬라쉬였다. 만약 혁준이 그저 평범한 인간이었다면 그저 바라보는 것만으로 넋이 나가버렸을지도 모른다.

"나도 잘 부탁하지."

혁준은 그렇게 말했다.

"마지막으로 애머른에서 지켜야 할 법에 대해서 알려드리죠."

혁준은 고개를 끄덕였다.

"애머른은 범죄를 좌시하지 않아요. 살인, 강간, 방화, 약탈, 사기까지 말이죠."

그건 예상외였다. 애머른은 혼돈의 도시다. 하루에도 수백건의 사고사건이 일어나는 곳이다.

"물론 들키지만 않으면 상관없지요."

그녀가 덧붙이는 말이 없었다면 오해할 뻔 했다.

"들키지만 않으면 상관 없다라……."

"사실 들켜도 상관없어요. 그저 추방될 뿐이죠. 하지만 유일하게 이곳에서도 사형에 처하는 범죄가 있지요."

"그게 뭐지?"

혁준은 궁금한 마음에 물었다.

"바로 신을 믿는 것이랍니다."

✢

짧은 독대를 마치고 혁준은 도시 안으로 들어올 수 있었다. 애머른은 활기찬 도시였다. 물론 그것은 좋은 의미로 말해서였지만.

길을 가다가 몸을 살짝 부딪히는 것만으로 싸움이 일어난다. 그뿐만이 아니다. 골목 어귀에서는 하루에도 수십번의 강도사건이 일어나고 있었다.

탁탁…….

강혁준은 두 손을 털고 있었다. 그의 발아래에는 개박살이 난 데빌이 기절해있었다.

"벌써 3번째 강도네."

"뭉크 말했닥. 애머른은 위험한 도시닥."

그럼에도 혁준은 이곳이 나쁘지는 않다고 생각되었다.

차르륵…….

빛나는 은색 동전이 주머니 안으로 사라진다. 강도들의 주머니를 뒤진 것이다. 어비스에서도 나름의 경제구조가 활성화 되어있었던 것이다.

"그나저나 돈부터 벌어야겠다."

"돈은 쓸모가 많닥. 그것은 유용하닥."

뭉크고 고개를 끄덕인다. 좋은나 싫으나 이제부터 혁준도 애머린의 시민이 되었다. 먹고 살기 위해서라면 돈이 필요한 것이다.

"그나저나 사람들이랑 말부터 통해야겠는데."

대부분의 데빌이랑 혁준은 말부터 통하지 않는다. 뭉크라는 통역꾼이 있지만 그 점을 고려해서라도 거추장스럽다.

'일단 언어문제부터 해결해야 겠어.'

방금 만난 강도들과 조우했을 때에도 그러했다. 시끄럽게 뭐라고 소리치는데 알아들을 수가 없었던 것이다.

그나마 칼이라도 들이 밀어서 그 의도를 파악했다고 할까? 물론 그 댓가는 톡톡히 치르게 해주었지만.

"뭉크. 상점가부터 찾자."

"알았닥. 뭉크만 믿어락."

작달막한 크기의 뭉크는 이리저리 돌아다니면서 발품을 팔기 시작했다. 이윽고 그는 상기된 표정으로 말했다.

"뭉크 길을 알았닥. 뭉크가 먼저 간닥. 당신은 따라온닥."

자신 있게 앞으로 향해가는 뭉크. 혁준은 어깨를 으슥거리고는 그를 따라갔다.

⚜

"아쉬타락! 이쉬라쿠마!"

"애쉬타오스. 아자아쿠리아!"

막다른 골목 안. 혁준과 뭉크는 오갈 때 없이 갇혀있었다. 그리고 퇴로를 막아선 수십의 데빌들. 그들은 날붙이를 꺼내놓고 협박중이었다.

"뭉크 통역한닥. 저들이 말했닥. 목숨이 아깝지……."

"아아. 굳이 통역해주지 않아도 돼."

혁준은 지끈거리는 머리를 붙잡으면서 말했다. 애당초 길을 가르쳐준 행인이 바로 강도단의 일원이었던 것이다.

"뭉크 미안하닥. 뭉크 속았닥."

뭉크는 고개를 푹 숙인다. 그 모습이 참으로 불쌍해보인다.

"아니다. 네 잘못은 아니다."

혁준은 뭉크의 머리를 쓰다듬어 주었다. 뭉크는 커다란 눈망울로 혁준을 올려다본다.

"그러고보니 뭉크. 배고프지 않나?"

"뭉크는 늘 배고프닥. 근데 그건 왜 물어보낙?"

"이곳이라면 보는 눈도 없을 것 같기도 하고. 간만에 너에게 접대하고 싶은 요리도 있어서."

"뭉크는 의미를 모르겠닥."

"앞을 봐."

같은 종족의 데빌이 오히려 드물었다. 동물형, 식물형, 곤충형 등등 바리에이션이 정말로 다양했던 것이다.

"한국 전통 음식인 비빔밥을 선보일까 하는데 말이야. 네 마음에 들었으면 좋겠거든."

Part 45. 토글

아공간의 주머니에서 일부러 벨로시카를 꺼내었다. 닭 잡는데 소 잡는 칼을 쓸 수 없는 법이다. 저들이 신의 가호라도 받고 있으면 모를까?

애머론의 주민들은 다 무신론자들이다. 약자들을 상대로 프르가라흐를 쓰는 것은 화력 낭비와 다름없다.

'그리고 웬지 지켜보는 눈이 있을 것 같아.'

오전 중에 만난 루카라는 여자가 신경도 쓰인다. 어쩌면 지금의 상황이 그녀가 만든 것일지도 모른다. 굳이 자신의 실력을 모두 보여줄 필요는 없다.

"아타라. 베나탄."

뭐라고 말하는데 알아 들을 수도 없고, 알고 싶지도 않다.

혁준은 그대로 놈들에게 달려간다.

작달막한 것이 햄스터를 인간화시키면 눈앞의 데빌처럼 보일 것이다. 나무로 된 방패와 녹슨 단검을 들고 있지만, 혁준을 감당하는 건 애당초 무리다.

푸화아악!

단번에 몸이 두 동강이 난다. 그것도 3명이나…….

"라우카!"

"이시메?"

갑자기 일어난 상황이 이해가 되지 않는 표정이다. 겉으로 보기에 강혁준은 매우 나약해보인다. 단단한 갑주로 몸을 둘러싼 것도 아니고 그렇다고 몸집이 큰 것도 아니다.

허나 그 누구도 강혁준 앞에서 1초를 버티지 못했다.

'아크라의 촉수!'

도망가려는 데빌도 있었다. 하지만 촉수에 의해 모조리 사로잡혀버렸다.

서걱! 서걱!

혁준은 일부러 잔인하게 행동했다. 놈들의 팔다리를 모조리 토막쳐버린 것이다.

다양한 데빌의 사체가 뒤섞였다. 그것은 비빔밥이라기보다는 잡탕이라는 표현이 더 어울렸다.

"자고로 범죄를 저지를 때에는 증거인멸이 기본이지. 뭉크 깨끗하게 처리해야 한다?"

"뭉크 자신 있닥. 뭉크 공범이닥."

새로운 패러다임의 요리다. 뭉크는 신나서 그것에 달려간다.

추르르르릅…….

게눈 감추듯이 먹어 치운다.

"뭉크 감동했닥."

그렇게 선량한(?) 데빌을 등쳐먹던 강도단 하나가 어비스에서 사라지는 날이었다.

⚜

혁준과 뭉크는 겨우 원하던 장소에 도착할 수가 있었다. 애머른이 자랑하는 야시장으로 말이다.

돈만 있다면 뭐든 구할 수 있다는 곳이었다. 이곳은 절대로 폭력이 금지되는데, 협회에서 고용한 용병들이 그 어떤 분란도 용납하지 않기 때문이다.

그들이 평화를 사랑해서가 아니다. 사실 데빌끼리 죽이고 죽든 별 상관할바가 아니다. 하지만 그런 이유로 장사가 방해되서는 안 될 일이다.

딸랑딸랑!

제법 규모가 큰 상점에 들어선다. 제일 먼저 눈에 띄는 것은 혁준의 두배나 됨직한 보디가드들이었다.

혹시라도 도둑이 와서 물건을 훔치지 않을까? 매서운 눈빛으로 사방을 살피고 있었다. 그리고 눈에 띄는 것들은 종류와 그 용도를 알 수 없는 갖가지 아티팩트들이었다.

아티팩트마다 그것을 설명하다는 쪽지가 걸려있지만, 글씨를 모르는 혁준은 그냥 지나쳤다.

"썩을. 이번에도 실패했어."

"이제 포기하지 그러나? 어차피 그 놈들 엉덩이가 무거워서 절대 쫓아내지도 못하잖아."

"벌서 손해가 150만 크론이 넘어간다고. 이대로는 절대 포기할 수 없다니까."

"결국 파산하는 것은 자네가 될 거야. 그 때가 되어서도 후회하지 말라고."

두 명의 대화는 혁준의 귀에도 쏙쏙 들어왔다. 두 명 모두 고위 데빌인 모양이다.

"도움이 안 될꺼면 꺼지라고!"

난쟁이 데빌이 소리친다. 붉은 피부에 굽은 허리를 가진 데빌이었다. 강혁준은 그 존재를 본 기억이 있었다.

데빌 중에서도 최하층 존재인 임프였다. 유일한 장점은 번식력이 뛰어나다는 정도?

그런 임프가 커다란 상점가의 주인이라니…….

'하긴 이곳은 애머른이니까.'

이곳은 혼돈의 도시이다. 임프가 자수성가하지 말란

법은 없다.

딸랑!

혁준은 테이블에 있는 초인종을 눌렀다. 한참 씩씩거리던 임프가 고개를 돌린다. 그는 혁준을 발견하고 바로 표정을 바꾼다.

"어서 오세요. 손님. 헤헤. 바지란의 아티팩트 상점에 오신 것을 환영합니다. 이곳은 없는 것 빼고 다 있답니다. 헤헤헤."

태세전환이 재빠르다. 장사수완이 아예 없는 건 아닌 모양이다.

"혹시 트랜스레이션 아티팩트를 찾을 수 있을까?"

"물론입지요."

임프는 곧바로 자신을 따라오라고 손짓한다.

"자아……. 손님의 취향에 맞게 다양한 종류로 준비되어 있습니다."

다이아, 비취, 자수정 등등으로 치장된 목걸이와 반지가 즐비하다.

"나는 보석을 구입하러 온 것이 아닌데……."

"물론 이해합니다만…… 인챈트라는 것은 높은 가치의 보석에 더 잘 투영이 됩니다. 안 그러면 난이도가 높아져서 결국 가격이 비슷합니다만."

처음 듣는 이야기였다.

'바가지 씌울 작정이군.'

기분이 나쁘지만 혁준은 이번만 넘어가기로 했다. 통역이 급히 필요한 것은 강혁준이었기 때문이다.

"알았어. 제일 싼 걸로 해줘."

장신구가 중요한 것이 아니다. 거기에 걸리는 마법이 중요하니까.

"헤헤헤. 알겠습니다. 그런데 인챈트하기 전에 대금을 치르실 능력이 있으신지? 물론 손님을 의심하는 건 아닙니다. 다만 선불을 받는 것이 저의 철칙인지라……."

혁준은 한 숨을 쉬었다. 그 모습을 보고 착각한 바지란은 넌지시 이런 말을 했다.

"이건 노파심에 드리는 말씀이지만, 손님의 애완데몬을 저에게 넘기시는 건 어쩔까요? 꽤나 진기한 녀석을 키우시는 모양인데. 트랜스레이션 반지에다가 특별히 3만 크론까지 얹혀드리죠."

3만 크론이라면 평범한 데빌이 10년을 뼈 빠지게 돈을 벌어야 겨우 충족할 수 있는 금액이었다. 그 말을 듣자 오히려 놀란 것은 뭉크였다.

그는 혁준의 바지가랑이를 붙잡고 소리쳤다.

"뭉크 버리지 마락. 뭉크 물건 아니닥."

물기 어린 눈으로 올려다본다.

"이봐. 이 녀석은 사고 파는 물건이 아니라고."

혁준은 그렇게 말하고는 품속에서 몰리튜드의 정수를

꺼낸다.

"이… 이건?"

바지란은 정수를 보고 놀란다. 품에서 외눈 안경을 꺼내고는 정수 하나를 집어서 살피기 시작한다.

"모두 진품이군요. 이걸 어떻게 구하셨습니까?"

"물론 모두 때려잡았지."

혁준이 꺼낸 정수만 하더라도 10여 개가 넘어간다. 신을 믿는 몰리튜드가 얼마나 강맹한지 알고 있는 바지란은 새로운 눈으로 혁준을 바라보았다.

"이거… 이거 제가 실례를 저질렀군요."

처음 바지란은 혁준을 어중이떠중이로 알고 있었다. 가끔 무리에서 쫓겨난 신출내기 데빌이 아무것도 모르고 애머른에 오기 때문이다.

"상관 없으니까. 얼른 계산부터 해주면 좋겠군."

혁준의 말에 바지란은 잠시 생각에 잠긴다. 그러더니 진중한 목소리로 말을 이어나갔다.

"잠시. 손님, 제가 한 가지 제안을 드려도 되겠습니까?"

"들어는 보지."

"한 가지 의뢰할 것이 있어서입니다. 애머른에서 북동쪽으로 걸어서 3일 거리에 작은 광산이 있습니다. 제가 100만 크론이나 투자한 곳이기도 하구요."

바지란은 임프의 몸이지만 수완이 뛰어난 상인이었다.

그는 무일푼으로 시작해서 애머른의 손에 꼽히는 거상이 되었다.

나약한 임프가 그렇게 될 수 있었던 것은 돈에 대한 순수한 욕구 덕분이었다. 부자가 된 이후로 그는 더욱 많은 돈을 벌기 위해 투자를 아끼지 않았다.

하지만 무리한 문어발씩 투자가 문제였을까? 바지란은 커다란 문제에 직면하고 말았다.

"그 광산은 제법 알토란이나 마찬가지였죠. 그런데 하필 토글의 신도가 그곳에 자리를 깔고 말았지요."

"토글의 신도?"

"네. 그 더럽고 냄새나는 무리들말입니다."

토글이라는 신은 혁준도 잘 알고 있다. 토글을 믿는 신도들의 공통된 특징 때문이다.

토글은 부패의 신이다. 그를 믿는 신도들은 공통적으로 썩어가는 살점과 치명적인 역병을 몸에 달고 있다.

사실상 토글의 신도들은 겉으로 보면 금세 죽어도 이상하지 않다. 하지만 토글 신의 가호를 받는 그들은 끊임없는 재생력을 지니고 있다.

그 때문일까? 오히려 몸이 튼튼한 데빌보다 더욱 막강한 맷집을 가진 존재들이다.

"귀찮게 되었군, 주인장."

"제 마음을 헤아려주셔서 감사합니다. 하여튼 제가 드릴

제안은 이겁니다. 선불로 트렌스레이션 목걸이를 드리죠. 만약에 그 광산에 있는 토글을 믿는 머저리를 모두 끌어내 주신다면 10만 크론을 후불로 드리지요."

"10만?"

혁준은 약간 상기된 목소리로 되물었다. 10만 크론이라면 어비스에서 지내는동안 돈 걱정은 하지 않아도 된다.

"부… 부족하신가요? 그렇다면 15만에 해드리겠습니다. 더 이상은 저도 힘듭니다."

바지란은 수건을 꺼내 땀을 딱으며 말했다.

'제발 수락해다오.'

그가 이렇게 저자세로 구는 이유는 간단했다. 용병들에게 아무리 웃돈을 얹어준다고 해도 토글의 신도와 싸우려는 데빌이 없기 때문이다.

'빌어먹을 겁쟁이들…….'

바지란은 속으로 화를 삭였다. 하지만 토글의 신도들은 그만큼 까다로운 존재였다.

그들의 끊임없는 재생력은 산이나 불에 뒤덮여도 쉬지 않는다. 오히려 더욱 촉매제가 될 지경이니까.

설사 그들을 물리친다하더라도 문제는 끝나지 않는다. 바로 그 끔찍한 역병이 문제인 것이다.

토글의 역병은 하나같이 괴이하고 지독하다. 수많은 데빌이 그 역병으로 고통에 허우적거리며 인생을 마감하지 않았던가?

"좋다. 의뢰를 받아들이지."

혁준은 손쉽게 고개를 끄떡인다.

"아! 정말입니까?"

"그래. 어려운 일도 아니군. 오늘 당장 해결해주지."

혁준은 호언장담에 오히려 불안해진 것은 바지란이다.

'목걸이만 먹고 째려는 게 아닐까?'

불안한 마음도 들었지만 이내 고개를 흔들고 마음을 다잡았다.

'어차피 나에게 남은 수단은 없다. 지푸라기도 잡아야 해.'

"감사합니다. 감사합니다."

연신 고개를 숙인다.

눈앞의 털 없는 데빌이 과연 자신에게 도움이 될지 안 될지는 곧 밝혀질 일이다.

"그럼 바로 반지에 인챈트해드리죠."

바지란은 곧바로 마력을 반지에 주입하기 시작했다. 그는 솜씨 좋은 인챈터이기도 했다.

"모두 끝냈습니다."

바지란은 반지를 그에게 건네었다.

"고맙군."

"그럼 아무쪼록 맡긴 일을 잘 부탁드립니다."

혁준은 고개를 끄덕였다.

"방금 저 녀석이 가진 정수 봤어?"

"응. 설마 혼자서 저 많은 몰리튜드를 잡았을까?"

"그런 것 같은데."

"대단한데. 괜히 건들였다가 목부터 날라가겠군."

주변에 있던 데빌의 목소리가 혁준의 귀에 들어온다.

'잘 작동하는군.'

이제 의사소통의 어려움은 사라졌다.

강혁준은 그대로 바지란의 의뢰를 위해 도시 밖으로 나섰다. 혁준에 대한 소문이 퍼져서일까? 귀찮은 강도가 따라붙지는 않았다.

혁준은 길잡이 하나를 고용했다. 더듬이를 쉴새없이 흔드는 데빌이었는데, 과묵한 점이 마음에 들었다.

"저기가 바로 그 문제의 광산입니다. 저는 더 이상 가까이 가고 싶지 않군요."

혁준은 고개를 끄덕였다. 혁준은 대금을 치르고 그를 돌려보냈다.

"그럼 이만."

길잡이 데빌은 순식간에 도망가버렸다. 사실 그는 말이 많은 데빌이었다. 하루라도 수다를 떨지 않으면 입에 가시가 돋히는 자였지만.

그가 보기에 강혁준은 예비 자살자였다. 곧 죽을 사람이랑은 그다지 대화를 나누고 싶지 않았던 것이다.

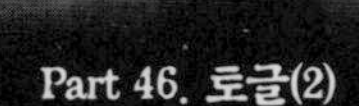

Part 46. 토글(2)

광산 입구는 조용했다.

"뭉크. 넌 여기서 기다리고 있어."

전염병은 상대를 봐주지 않는다. 무자비하게 들러붙어서 생명을 갉아먹는 것이 역병의 특징이다. 설사 뭉크가 역병에 저항력이 강하다고 하더라도 굳이 위험을 살 필요가 없다.

"뭉크 기다리닥. 뭉크 비위 좋아도 토글의 신도는 싫닥."

천하의 뭉크도 음식을 가리는 경우가 있는 법이다.

혁준은 그를 뒤로 하고 광산 안으로 들어갔다.

"……."

빛 하나 들어오지 않는다. 하지만 그에게는 프르가라흐가 있었다. 아공간의 주머니에서 그것을 꺼내자 순식간에 주변이 밝아졌다.

"횃불이 따로 필요 없군."

광산 안으로 들어서자 매캐한 악취가 혁준의 코를 찌른다.

'근처에 있다.'

놈들의 특징은 썩어가는 살점이다. 일반인이라면 냄새만으로 기절할 정도다. 하지만 그는 인내심으로 참아냈다.

이윽고 혁준은 토글의 신도를 조우할 수 있었다.

"끄룩. 적…. 그룩… 이다. 끄룩…."

입이 문드러져서 무슨 말인지 알아듣기도 어렵다.

위이이잉…… 위이이잉……

거대한 살덩이 사이로 날아다니는 파리들. 역병을 옮겨 다니는 마법적인 생명체로서 토글의 마스코트나 다름없다.

"끄룩……. 죽여라. 끄루룩."

토글은 신도를 받아들이는 것에 있어서 종족 구분을 가리지 않는다. 말인즉슨 인간도 토글을 믿을 수 있다는 점이다.

토글의 신도는 막강한 재생력과 영생을 누릴 수 있다. 하지만 모든 것에는 반대급부가 있었다. 살이 썩어가는 저주와 더불어 끔찍한 역병의 고통은 살아가는 동안 겪어야 천형이라 할 수 있다.

그것 때문일까?

그들은 건강한 신체를 가진 자를 증오한다. 자신이 겪는 고통을 남도 겪기를 원했다.

"끄루룩!"

비대한 몸집이 혁준을 향해 달려든다. 그가 노리는 것은 그저 혁준을 껴안는 것이다. 그의 근력은 무지막지했지만, 굳이 그것까지 사용할 필요는 없다. 그저 접촉하는 것만으로 치명적인 역병을 옮길 수 있을테니.

"더러운 놈들……."

혁준은 단번에 상대의 속셈을 알아차렸다. 보기만 해도 구역질이 치미는 놈들이다. 드문드문 깊게 파여진 구멍 사이로 구더기가 들끓는 것이 보인다.

단번에 검을 휘둘렀다.

푸화아아악!

2m가 넘어가는 대검이다. 이럴 때에는 리치가 긴 것이 정말 다행이었다.

"끄어어억!"

신도의 몸은 금세 푸른 불길로 휩싸인다. 악을 처단하는 프르가라흐의 능력 덕분이다.

"아아아아아……."

재생력이 발휘되기 시작했지만 악을 정죄하는 힘이 더 강했다. 결국 그는 몸을 복구하지 못하고 시체가 되어버렸다.

"끄루룩…… 그것은?"

토글의 신도가 마구잡이로 육탄 공격을 할 수 있었던 이유는 바로 재생력 때문이다. 웬만한 공격은 눈 하나 깜짝하지 않으니까.

허나 그들은 상대를 잘못 만났다. 강혁준의 무기는 바로 전설급 무기, 프르가라흐였기 때문이다.

프르가라흐는 그들의 재생력을 단번에 무력화시켰다.

"그냥 한 마디로 정리해줄게. 너희들은 이제 X된 거야."

토글의 신도들은 제대로 임자를 만난 것이다. 혁준이 한 번씩 휘두를 때마다 그들은 말 그대로 시체가 되었다.

혁준이 이곳에 온지 20분.

토글의 신도들은 모두 차가운 시체가 되었다. 하지만 혁준은 아직 일이 끝나지 않았음을 느꼈다.

부르르르르르…….

프르가라흐의 검신이 떨리는 것이 아닌가? 지하 아래에는 더 거대한 악이 잠들고 있었다.

'내가 잡은 것은 조무래기들인가?'

사실 그럴만한 것이 여태까지 상대한 데빌 중 제일 싱거운 존재들이었다. 그들은 비대한데다 민첩하다 보기도 힘들었다. 그저 검만 좀 휘둘렀을 뿐, 이렇다할 저항을 하는 자가 없다. 하지만 10만 크론짜리 일이 쉬울 리는 없는 법.

'깔끔히 처리하자.'

혁준은 지하로 발걸음을 옮겼다.

⚜

무신론자들의 도시 애머른.

애머른의 중심부는 돌로 만들어진 첨탑이 하늘 높이 지어져 있다. 그곳은 바로 루카 메슬헨의 보금자리였다.

보글보글…….

자욱한 수증기 아래.

루카는 욕조 안에 누워있었다. 눈보다 하얀 피부는 마치 장인이 빚은 도자기마냥 고운 자태를 드러내었다.

똑똑…….

누군가 입구를 두드린다. 한참 휴식을 취하고 있던 그녀의 심기를 건드리는 소리였다. 약간 언짢은 목소리로 그녀가 말했다.

"무슨 일이냐?"

송구스러워하는 음성이 밖에서 들려왔다.

"죄송합니다. 하지만 혁준님에 대한 보고라서……."

"말하라."

"넵. 혁준님은 바지란의 의뢰를 받고 광산으로 향했습니다. 토글의 신도가 점령한 바로 그곳입니다."

광산에 대한 내용이라면 루카도 잘 알고 있었다.

"토글이라면……."

신도들의 전투력도 만만치 않지만, 그보다 무서운 것은

바로 역병이다. 수많은 데빌이 전투에 이기고도 역병에 걸려 스스로 목숨을 끊지 않았던가.

토글이 내린 역병은 그만큼 고치기 어려웠다. 루카 역시 뛰어난 소서러였지만, 토글과는 엮이기기 싫었다.

"잘못하면 도시 내까지 전염병이 돌 수도 있습니다. 어떻게 할까요?"

모든 일의 시초는 바지란이다. 멍청한 이도 아닐진대 일을 이렇게 어렵게 만들다니. 루카는 그 욕심 많은 임프가 가증스러웠다.

'돈만 벌 수 있다면 애머른이 어떻게 되든 상관없다는 것인가? 어쩌면 역병이 돌 것을 예상하고 치료약을 사재기 했을지도 모르지.'

다른 이도 아니고 돈에 눈이 먼 바지란이라면 충분히 가능하다. 루카는 그를 제재할 방도를 마련하기로 결정했다. 하지만 그보다 더 급한 것은 강혁준의 안위다. 그녀는 이내 마음을 정했다.

"집사! 정화의 구슬을 준비해라."

"하… 하지만 우리에게 남은 정화의 구슬은 단 두 개뿐입니다. 고작 이방인에게 쓰기에는 너무……."

집사는 깜짝 놀란 목소리로 반문한다. 정화의 구슬이 가지는 가치는 돈으로 환산하기 어렵다. 수요는 많은데 공급은 턱없이 부족하기 때문이다.

“하! 언제부터 너 따위에게 그런 것을 따질 권리가 주어졌나?”

냉엄한 목소리를 듣는 것만으로 가슴이 철렁 내려앉는다. 마력의 농도가 짙은 소유자는 목소리에도 그 영향력이 묻어나오는 것이다.

“죄송합니다, 제가 실언을 했습니다. 부디 용서를… 정화의 구슬은 바로 준비토록 하겠습니다.”

정화의 구슬은 역병이나 저주를 제거하는 아이템이다. 효능이 뛰어나 토글의 역병도 무리없이 제거가능하다.

‘3년치 재정이 한 번에 날아가는 것이지만… 그에게 신세를 지게 만들 수 있다면. 오히려 싸게 치는 것일지도.’

루카는 한 가지 시나리오를 떠올렸다. 만일 혁준이 역병에 걸린다면, 하루하루가 지옥과 같은 고통의 나날을 보낼 것이다.

그런 그에게, 갑자기 나타난 루카가 정화의 구슬을 이용해 역병을 치료해준다. 그렇게 된다면 제 아무리 무뢰한이라도 생명의 은인인 루카를 무시하지는 못할 것이다.

‘그를 꼭 내 손에 넣어야 해.’

겉으로 보면 그녀의 나이는 고작 20대 초반에 불과하다. 하지만 그녀의 실제 나이는 무려 900살에 육박한다.

소서러로서 농밀한 마력과 무시무시한 마법을 가졌지만 그녀에게 있어서 그것은 작은 도구에 불과하다. 정말로 그녀에게 중요한 것이 있다면 그건 미래를 내다보는 혜안이다.

'오로지 혁준님만이 나의 염원을 이루어주실 것이야.'

생각을 정리한 루카는 욕조에서 일어섰다. 그러자 아름다운 몸의 형태가 드러났다. 160cm의 작은 키였지만, 8등신의 황금비율인데다가 다리는 시원시원하게 뻗어 있었다.

제 아무리 뛰어난 화가가 있다하더라도 그녀의 아름다운 곡선을 화폭에 담으려면 피를 토하는 노력이 동반되어야 할 것이다.

"……."

그녀는 마력을 한 차례 순환시켰다. 그러자 유려하게 빠진 몸을 타고 흐르던 물기가 순식간에 증발했다.

이윽고 그녀는 손을 내밀었다. 마력에 이끌린 가운이 저절로 허공을 타고 날아온다. 하얀색 가운이 그녀의 몸을 완벽히 감싼다.

끼이익…….

"마차를 준비하라. 목적지는 말 안 해도 알겠지?"

"물론입니다."

집사는 고개를 한층 더 아래로 숙인다. 루카가 그 다음 향한 곳은 그녀의 침실이었다. 평소보다 더욱 힘을 써서 화장을 하기 위해서다.

'자고로 화장은 한 듯 안한 듯.'

원판이 되는 여자일수록 먹혀드는 화장법이다.

"마차가 준비되었습니다."

집사의 보고가 이어졌다.

"어떠냐? 나의 모습이……."

루카의 질문에 집사는 재빠르게 대답했다.

"여전히 아름다우십니다."

사실 그건 집사의 새빨간 거짓말이었다. 종족 자체가 다른 탓에 추구하는 미인상도 다르기 마련이다. 하지만 직장에서 곧이곧대로 사실을 말하면 금세 짤리기 마련이다.

"그렇단 말이지."

루카는 자신감을 가졌다. 목표를 이룩하기 위해서라면 자신의 몸뚱이라도 이용해야한다. 그만큼 그녀의 염원은 이루기 힘든 것이었다.

'그것이 가시밭길이라 할지라도. 나는 절대 포기하지 않을 거야.'

⚜

지하 가까이 내려갈수록.

검의 진동은 더욱 거세어져갔다. 강한 악이 곧 나타날 것이라는 경고의 표시였다.

크오오오!

동굴이 쩌렁쩌렁 울린다. 깊은 곳에 있던 악마 역시 신성한 기운을 느낀 것이다. 가까이 오지 말라는 으름장이었지만, 혁준의 발걸음은 오히려 더 빨라졌다.

'얼른 해결하고 밖으로 나가야지.'

공기가 너무 탁하다. 참을 수 있지만 그렇다고 불쾌한 감정이 사라지는 것은 아니다.

'15만 크론이 멀지 않았다!'

"끄루룩! 오지 마라! 끄루룩."

예의 그 일반 신도들이다. 그들은 무언가를 지키기 위해서 선발대로 나선 것이 분명하다. 하지만 혁준은 절대 착한 어린이가 아니다.

푸화악!

퍼억!

순식간에 두 동강이 나서 바닥에 처박힌다. 그들은 단 1초도 견디지 못했다.

"내 형제를 죽이다니. 네 놈은 절대 용서 못한다. 크아아악!"

'여기 있다고 아주 광고를 하는군.'

굴 안쪽으로부터 분노가 서린 음성이 들려왔다. 덕분에 혁준은 다른 길을 헤매지 않고 그쪽으로 갈 수 있었다.

작은 토굴을 지나자 넓은 홀이 드러난다. 어지간한 학교 운동장보다 더 넓은 크기였다.

그곳에서 목소리의 주인공과 만날 수 있었다. 걸죽한 늪 중앙에 한 명의 남자가 서 있었는데, 이제까지 만난 일반 신도들보다 한층 더 볼품이 없다.

등이 굽은 곱추인데다가 키는 불과 1m도 되지 않았다. 느낌상 보스가 나타날 때가 되었는데 말이다.

"하찮은 필멸자 따위가… 우리를 능멸하다니. 영원한 고통의 형벌에 내려주겠다."

"그게 가능하겠어?"

혁준은 안타까운 마음마저 들었다. 자기 한 몸 건사하기 어려워보이기 때문이다. 저런 몸으로 전투는 상상도 할 수 없었다.

"네 놈! 나를 무시하는 것이냐?"

"조금."

혁준은 솔직하게 말했다. 그것이 기폭제가 되었을까?

쿠르르르릉…….

지하 전체가 흔들리기 시작했다. 이윽고 곱추의 진면목이 드러났다.

Part 47. 자폭

늪지 위로 공기 방울들이 들끓어 오른다. 동시에 곱추의 키가 점점 커져가기 시작했다. 아니 커진다고 생각한 것은 착각이었다.

늪지 밑에 깔린 그의 본체가 모습을 드러낸 것 뿐이다. 곱추의 몸은 그저 거대한 살덩이에 박힌 하나의 혹에 불과했던 것이다.

쿠르르륵…….

100톤이 넘어가는 바이오해저드(생물적 재해)가 모습을 드러냈다. 원충, 곰팡이, 세균, 바이러스 등등의 온갖 유해한 것들의 총집합체가 그의 진정한 정체였다.

"그아아악……."

살덩어리에 파묻힌 거대한 입이 쩍-하고 벌어지더니, 절규에 가득 찬 목소리가 쏟아진다. 역한 냄새를 풍기는 뜨거운 입김이 혁준의 머리카락을 헝클어놓았다.

여태까지 만난 그 어떤 적보다 거대하다. 데하시도 지금 그에 비하면 어린아이나 다름없을 것이다.

'지독한 냄새군.'

지독한 입냄새를 가진 존재의 정체는 그레이트 시크닝 원(Great Sickening Ones)이었다.

*Great Sickening Ones:거대하고 역겨운 존재

시크닝 원은 사실상 토글의 막강한 능력을 잘 대변해주는 존재다.

그들은 온갖 폐기물을 몸에 저장하는데, 그것을 발효시키고 혼합해서 더욱 지독한 유해물질로 승화시키는 것을 자랑스럽게 여긴다.

시크닝 원은 거대한 공성병기나 마찬가지다. 그가 가진 강력한 힘은 단단한 성벽도 무너뜨린다. 그 외에도 온갖 생화학 공격에 능했다.

다만 시크닝 원은 한 가지 치명적인 단점을 가지고 있었는데, 바로 느린 이동속도다. 게다가 큰 덩치로 인해 쏘는 족족 얻어맞기 마련이다.

움찔움찔…….

살덩이로 이루어진 거대한 살이 꿈틀거린다.

푸화아악!

살을 뚫고 역겨운 뼈마디가 밖으로 튀어나온다. 보는 것만으로 토가 쏠리는 현장이다. 하지만 그것보다 더욱 충격적인 것은 돋아나는 새 살들이다.

꿀렁! 꾸르륵. 끌렁!

뼈마디를 중심으로 분홍색 살결이 급속도록 채워지기 시작한다. 시크닝 원의 전매특허인 세포 분열(cell division)이다.

역관절로 꺾인 거대한 팔이다. 마치 기형아의 그것처럼 보이지만, 시크닝 원은 별로 상관하지 않았다. 다만 그걸로 적을 내려칠 수 있다면 제 역할을 다하는 것이기 때문이다.

부우우웅!

거인의 팔은 그대로 혁준을 향해 떨어졌다.

퍼억!

"클클클……."

시크닝 원이 비릿한 웃음을 흘린다. 조그만한 적은 자신의 손에 짓눌린 벌레가 되었을 것이라 믿었기 때문이다.

"뭐가 그리 재밌냐?"

하지만 그것은 시크닝 원의 착각에 불과했다. 분명 시크닝 원이 가지는 힘은 막강하다. 하지만 강혁준 역시 등급이 올라가면서 인간을 넘어서는 민첩성을 가지고 있었다.

느릿느릿하게 움직이는 그의 손바닥 공격은 예전에 피한 것이다.

"쥐새끼 같은 놈이!"

시크닝 원은 버럭 고함을 친다. 그는 이내 다른 방법을 강구했다.

'손 하나가 부족하면……. 더 많은 손이 있으면 된다.'

생각을 굳힌 그는 뒤틀린 손을 연속으로 생성시켰다.

꾸르릉…. 꿀렁! 끄르릉!

"이것도 다 피할 수 있을까?"

시크닝 원은 광기에 찬 소리로 외쳤다. 그의 말대로 수십개의 손은 하나의 거대한 망을 연상시켰다.

부우웅! 부우웅!

혁준을 향해 마구잡이로 휘두른다.

'피한다고? 누구 좋으라고!'

프르가라흐의 그립을 꽉 잡는다. 자고로 무기는 거대하고 무거울수록 다루기 힘들다. 어중이떠중이라면 한번 휘두르는 것만으로 놓쳐버릴 것이다.

콰아악!

허나 프르가라흐는 달랐다. 마치 자신을 써달라고 외치는 것 같았다. 추악한 악을 심판하기 위해서 태어난 무기는 새로운 주인을 만나 제 2의 전성기를 누리고 있었다.

푸화아악! 푸화아악!

마치 파리채처럼 휘둘러지는 뒤틀린 팔들이 있었다. 허나 전설의 검이 매섭게 움직이자 그것은 영락없이 절단되어 버린다.

"크아아악!"

그저 살이 잘려나갔다면 대수롭지 않았을 것이다. 넘치는 재생력으로 복구시키면 그만이니까. 하지만 프르가라흐에 절단된 면이 푸른 불길에 휩싸이면서 감당하기 어려운 고통이 시작되었다.

"토글이시여!"

시크닝 원은 타오르는 팔에 힘을 준다.

푸화아악!

마치 도마뱀이 스스로 꼬리를 자르는 것처럼. 타오르는 팔들이 분리 되었다. 붉은 피와 고름이 상처단면에서 뿜어져 나오지만, 오히려 편안한 표정이다.

"도대체 그건 뭐냐?"

24시간을 전염병의 고통에 시달리는 시크닝 원이다. 웬만한 고통은 그에게 있어서 시원한 안마나 마찬가지다.

허나 프르가라흐가 주는 고통만은 견디기 어려웠다. 말 그대로 영혼까지 뒤집어놓는 느낌이었기에.

"염라대왕에게 물어보든가."

혁준은 어차피 말해주고 싶은 마음이 없었다.

"흥! 주제에 제법 좋은 무기를 들고 있구나. 하지만 이걸 피할 수 있을까?"

시크닝 원의 공격 수단은 한 가지가 아니다. 그의 피부 겉면은 욕창으로 가득 차 있었는데, 그곳에는 구더기가 꿈틀거리며 썩은 살을 파먹고 있었다. 하지만 그 구더기는 또 하나의 비밀 병기였던 것이다.

푸지직! 푸직!

구더기는 그 자리에서 변태를 시작했다. 시크닝 원이 키우는 파리는 일반적인 그것과 차원이 다르다.

위이잉. 위이이잉.

순식간에 수백만 마리의 파리떼가 형성되었다. 그것은 시크닝 원의 의지에 따라 혁준을 향해 돌진했다.

시크닝 원이 직접 키우고 인증하는 식인 파리는 그 위력이 어마어마하다. 그들이 스치고 지나간 자리에 살아남은 생명체는 없다.

"그 잘난 무기라도 이걸 일일이 죽이지는 못할 것이다, 크흐흐!"

시크닝 원은 자신만만했다. 마치 구름떼와 같은 그것을 검으로 일일이 때려 죽이는 것은 물리적으로 불가능한 일이다.

"그렇다면 무기를 바꾸면 되는 일이지."

프르가라흐가 막강한 위력을 가졌지만 파리떼를 일일이 때려잡는 건 불가능하다. 하지만 혁준은 아공간의 주머니에는 안성맞춤의 무기가 있었다.

'이거라면 충분히 더러운 분충들을 쓸어낼 수 있지.'

등유나 가스로 태우는 평범한 화염방사기가 아니다. 무려 네이팜탄이 들어간 화염방사기는 무려 1200도로 적을 불살라버린다.

화르르륵!

혁준의 양손에 들린 분출 호스가 파리떼를 가리킨다. 젤 상태의 그것은 한번이라도 달라붙으면 쉬이 꺼지지 않는다. 오히려 서로 불을 옮겨 붙으며 더러운 것을 태운다.

뜨거움을 참지 못한 파리가 사방팔방으로 흩어졌다. 그 중 몇몇은 시크닝 원의 몸을 태우기도 했다.

시크닝 원은 혹을 떼려다 혹을 더 붙인 격이다. 어느새 화염 줄기는 시크닝 원을 태우기 시작했다.

타다닥 타닥!

고약한 냄새가 코를 찌른다. 다행이 미군 기지창고에서 꺼내온 산소 마스크가 적절히 작동해주었다.

후읍…… 후읍…….

혁준은 지옥에서 올라온 청소부가 된 듯, 시크닝 원을 지독하게 괴롭혔다.

"크으으아아악!"

온 몸이 타오르는 고통은 누구라도 견디기 힘들다. 역사상 제일 고통스러운 처형 방식 중 당당하게 1위를 차지한 것은 화형이다.

'더럽게 안 죽네.'

반면 강혁준도 상대의 엄청난 맷집에 놀라고 있었다. 과연 토글의 가호를 받는 자들은 끈질긴 생명력을 자랑한다.

풍덩!

그러나, 운 좋게도 시크닝 원이 있는 곳은 늪지였다. 물기를 머금은 진흙은 불을 꺼뜨리는 데에 큰 도움을 주었다.

불을 꺼뜨리기 위해 늪지 안으로 몸을 피한 것이다. 산소가 차단되자 네이팜탄은 금세 꺼지고 말았다.

더 이상 네이팜탄으로는 큰 재미를 보기 어렵다. 혁준은 다시 프르가라흐를 꺼내들었다.

이번에 공세를 취한 것은 강혁준이었다.

"오지 마라!"

"싫은데?"

프르가라흐의 검격이 그의 몸을 수놓는다. 가공할만한 맷집이 아니었다면 이미 시체가 되었을 것이다.

시크닝 원의 자신만만하던 모습은 이제 찾아볼 수 없었다. 분명 그레이트 시크닝 원은 막강한 데빌이었지만, 혁준을 넘어서기는 요원했다.

"토글이시여! 저를 굽어 살피시옵소서."

시크닝 원은 기도를 올렸다. 그것은 신에게 권능을 사용할 것을 요청하는 것이다.

−윤허하마

곧 이어 신의 힘이 시크닝 원의 몸을 매개로 직접 어비스 안에 도달 했다.

'뭔가 공기가 다르다.'

강혁준 역시 긴장했다. 지렁이도 밟으면 꿈틀한다고 했던가? 시크닝 원은 숨겨둔 한 수를 발휘한 것이다.

"너의 그 소중한 것을 먹어주마!"

시크닝 원은 거대한 입을 벌렸다.

"앗!"

음습한 기운이 프르가라흐를 감싸기 시작했다. 기운에 영향을 받은 대검은 시크닝 원의 입으로 빨려들어가기 시작했다.

"이런."

혁준은 할 수 없이 검을 손에 놓았다. 이대로 있다가는 프르가라흐와 같이 배 안으로 사라질 판국이었으니까.

꾸울꺽.

프르가라흐는 곧바로 그의 입 안으로 사라졌다. 식도가 의도치 않게 베이면서 무척이나 고통스러웠지만, 감안해야 할 아픔이었다.

식도를 지나간 프르가라흐는 위장에 풍덩 빠진다.

"네 놈의 잘난 무기는 내가 해치웠다. 으하하핫."

프르가라흐가 없는 혁준은 그저 재빠른 날다람쥐에 불과하다. 그렇게 여긴 시크닝 원은 광소를 터뜨렸다.

"너 혹시 바보냐?"

피식피식 웃고 있는 혁준의 모습이 뭔가 불안하다. 시크닝 원은 애써 그것을 무시했다.

"흥. 이제 와서 강한 척해봐야 소용없다."

"그렇다면 왜 그런지 알려주지."

프르가라흐에는 엄청난 기능이 하나 더 있었다.

-모단카이너: 스스로 의지로 적을 공격할 수 있는 소환체가 됩니다.

부르르!

소화액 속에 잠겨있던 검이 부르르 떨기 시작했다. 그리고 그것은 허공을 격하기 시작한 것이다.

"으응?"

시크닝 원의 속이 더부룩해졌다. 500년의 세월동안 이런 경우는 처음이다. 그의 소화액은 강철도 녹여버리는 강한 산성이었기에.

"끄으응……."

통증은 점점 커져나간다. 순식간에 감당하기 어려운 재난이 되어 시크닝 원을 파괴했다.

"아아아!"

입 속에서 푸른 불길이 한차례 뿜어져 나온다.

"잘 작동하는군."

프르가라흐는 스스로 소환체가 되어 시크닝 원의 내부를

파괴한 것이다. 창자 하나하나가 끊어지는 고통을 직접 겪고 있는 셈이다.

"신이시여!"

시크닝 원은 자신의 끝이 가깝다는 것을 느꼈다. 애당초 검을 삼키는 것이 잘못된 선택이었다. 하지만 그는 이대로 끝낼 생각이 없었다.

"나 혼자……. 죽을 수는……. 너를……. 데리고……."

시크닝 원은 스스로의 죽음이 원망스럽지 않다. 하지만 눈앞의 인간은 무슨 일이 있어도 죽여야 한다. 이대로 두었다가는 토글에게 큰 걸림돌이 될 것이 자명했기 때문이다.

"설마……."

혁준은 불안한 감정을 느꼈다. 비대한 시크닝 원의 몸이 풍선껌처럼 늘어나기 시작한 것이다.

드드득…….

넓은 공터였건만 시크닝 원의 몸은 순식간에 천장까지 닿았다.

"이미 늦었다."

강혁준은 뒤늦게 역장으로 몸을 방어했다.

'자폭을 할 줄이야.'

놈은 최후의 최후까지 지저분했다. 끝까지 불어난 몸은 곧 터지고 말았다.

퍼어어엉!

Part 48. 루카 메슬헨

어비스에서 말 대신 사육되는 데몬이 있는데, 그것을 드레드메어라고 한다. 이것은 말보다 수십 배나 뛰어난 체력을 가지고 있지만, 길들이기 어렵다는 단점이 존재했다.

다그닥 다그닥.

그 길들이기 어렵다는 드레드메어 6마리가 한 대의 마차를 이끌고 있다. 그 안에는 애머론을 다스리는 12인의 의원 중의 하나인 루카 메슬헨이 타고 있었다.

강대한 마력의 소유자이자 아름다운 미모를 가진 그녀는 지금 어느 목적지를 향해서 빠르게 길을 재촉하고 있었다.

"괜찮을까?"

점괘에 따르면 타고난 운세로 어떤 어려움도 헤쳐나갈

자라고 말한다. 하지만 아무리 운이 좋다고 하더라도 역병을 피해갈 수 있을까?

칼이나 화살이면 모를까? 바이러스는 피할 수 있는 것이 아니다.

만약을 대비해서 정화의 구슬을 지참해가고 있지만, 돌이킬 수 없는 손상을 입거나 이미 죽어버렸다면 그녀의 노력도 물거품이 된다.

'그렇지 않아. 이런 위기에 죽을 남자라면 내 점괘가 틀린 것이겠지.'

어렸을 때, 점술을 배우고 700년간 그것에 의지해 살아왔다. 그리고 드디어, 자신의 염원을 풀어줄 존재가 그 모습을 드러냈다. 루카는 무슨 일이 있어도 그 기회를 붙잡고 싶었다.

"마님. 곧 도착합니다."

밤낮을 쉬지 않고 달렸다. 그 덕택에 빠르게 광산 어귀에 도착할 수 있었다. 마차에 내리자 고용인들이 루카를 둘러싼다.

"물러가라."

루카는 나지막한 소리로 말했다. 덩치 큰 보디가드가 오히려 거추장스러웠기 때문이다.

"하지만……."

그녀를 보좌하는 집사 데빌이 떨리는 목소리로 말했다.

집사 역시 루카가 가진 막강한 힘을 잘 안다. 아마 이곳의 용병들이 모두 덤벼도 그녀의 털끝도 건드리지 못하리라.

허나 만약이라는 것이 있다. 루카가 가진 마력이 가공하지만, 앞일은 아무도 모르는 법이다. 상황에 따라서는 방패막이도 필요한 것이다.

"으윽……."

루카에게서 어마어마한 압력이 사방으로 뻗쳐나간다. 집사는 물론이거니와 나머지 데빌들도 옆으로 튕겨나갔다.

"누가 나를 걱정하는 것이냐? 네 놈들이 그만한 자격이 있을까?"

그녀는 오만한 태도로 일갈했다.

"알겠습니다."

집사를 비롯한 나머지 보디가드는 어쩔 수 없이 뒤로 물러난다.

그녀는 서슴없이 탄광의 입구로 향했다. 그리고 그곳에서 낯익은 데몬 하나를 발견했다. 그것은 혁준의 애완악마였다.

"뭉크 기다린닥. 뭉크 걱정이닥."

짜리몽땅한 그것은 제자리를 빙빙 돌고 있었다. 아마 탄광에 들어간 혁준을 기다리고있는 것이리라.

"뭉크 반갑닥."

루카를 본 뭉크가 먼저 인사를 건넨다.

"저도 반갑네요. 혹시 혁준씨는 이미 저 곳으로 들어갔나요?"

"그렇닥. 이미 오래 되었닥. 뭉크 계속 기다린닥."

루카는 잠깐 고민을 했다. 이대로 그를 기다려야 할지, 아니면 몸소 안으로 들어가서 그를 수색해야할지.

쿠그그구궁…….

바로 그 때였다.

어마어마한 진동이 지상을 뒤흔들었다. 그 진원지는 분명 지하 깊숙한 곳이었다.

"이건……."

그녀는 말을 잇지 못한다. 분명 사단이 일어난 것이 분명했다.

'어마어마한 디바인 파워야. 분명 신의 힘이 개입한 것이 분명해.'

유능한 소서러라면 그 안에 들어가지 않더라도 대략의 일은 짐작할 수 있다.

'재수가 없었어. 그레이트 시크닝 원이라니.'

토글의 힘이 어비스에 강림하려면 몇 가지 조건이 필요하다. 그 중에서 사도 이상의 존재는 불가결의 존재다. 어중간한 일반 신도는 만 명이 모여도 그런 이적을 발휘할 수 없다.

"마님. 일단 고용인을 아래로 내려 보낼까요?"

집사가 먼저 나서서 물어본다. 하지만 그녀는 고개를 저었다.

"아니."

다른 데빌을 아끼는 마음에 말한 것은 아니다. 그럴 필요가 없기 때문이다.

내려보낸다고 하더라도 족족 병에 걸려 죽을 것이다. 당장 죽지 않더라도 애꿎은 타인에게 병이나 옮기게 될 여지도 있다.

"이미 늦었어."

아마 혁준은 죽었을 것이다. 이제 포기하는 것이 옳다.

'한 여름 밤의 장난에 불과할지도 몰라. 신을 대적하는 일이 얼마나 어리석은 일이었는지. 다시 깨닫게 된 건가?'

마음속에 비가 내리는 듯하다. 그렇지만 그녀는 내색하지 않았다. 그 아픔은 누구와도 공유할 수 없는 것이기에.

"마님."

어느새 집사가 다가와서 루카를 올려다본다. 그는 키가 작은 편이라 이렇게 올려다보는 자세가 익숙했다.

"돌아간다."

루카는 그렇게 말했다.

"알겠습니다."

마차의 문이 열렸다. 이제 애머론으로 돌아가야할 시간이다.

그때였다.

제자리에서 빙빙 돌던 뭉크가 탄광 입구를 주시하고 있었다. 그러더니 덩실덩실 춤을 추며 그곳을 향해 뛰어간다.

"왔다아아악!"

기쁨의 찬 소리였다. 자연스럽게 루카를 비롯한 모든 이의 시선이 그곳으로 향했다.

저벅저벅…….

어두운 입구에서 걸어나오는 이가 있었다. 입었던 옷은 찢겨져 있었으며, 끔직하고 냄새나는 체액 같은 것이 온몸이 덮고 있다.

"우웨에에엑……."

혁준은 그대로 안에 있는 것을 토해낸다. 이미 속을 깨끗이 비워낸 모양인지 시큼한 위액만 나온다. 신이 만든 역병답게 만만치 않는 고통이 그를 괴롭히고 있었다.

마지막 순간, 시크닝 원은 혁준을 저승길 동무로 삼기 위해 자폭이라는 극단적인 수단을 취했다. 그리고 그것은 일단의 성공을 거두었다.

어마어마한 생체 폭탄을 피하기에 탄광 안은 너무 협소했다. 직접적인 타격은 피했지만, 시크닝 원의 피와 살점을 그대로 뒤집어 쓰게 된 것이다.

"젠장 더럽게 아프군."

제 아무리 자제력이 뛰어난 데빌이라도 토클의 역병에

걸리면 그 자리에 앓아눕는다고 한다. 하지만 혁준은 역병에 걸린 상태에서 제 발로 여기까지 걸어 나온 것이다.

'대단해. 하지만 분명 병에 고통 받고 있어.'

시크닝 원을 이겨내고 역병을 맨몸으로 버티고 있다. 분명 경이로운 일이지만, 위험한 순간이기도 했다.

병이 더 발전해서 당장 그의 목숨을 앗아갈지도 모르는 것이다. 하지만 루카는 경거망동하지 않았다.

이제부터가 중요하다는 생각을 품자, 그녀의 태도는 오히려 침착해진 것이다.

"안녕하세요."

그녀가 멀찍이서 인사를 건넨다.

"안녕하지 못한데?"

혁준은 짧게 대답했다. 역병이 그의 몸을 좀먹고 있는 상황이었다. 어찌 좋은 대답이 나올까.

"……."

"그나저나. 이런 누추한 곳까지 무슨 일로 납시었나?"

혁준은 마땅치 않는 표정이다. 슬라쉬는 막강한 소서러인데다가 생각을 알 수 없는 타입이다. 이제 와서 혁준을 공격할 수도 있는 것이다.

"그건 별로 중요하지 않을 것 같은데요? 중요한 점은 이 순간에도 역병이 당신을 좀먹고 있다는 것이죠."

차가운 루카의 말이었다.

눈앞의 인간이 범상치 않다는 것은 수차례 증명 되었다. 하지만 그런 점 때문일까? 자신이 얼마나 위급한 상태에 빠진 것인지 이해를 못하는 것 같았다.

"그래서?"

"정말로 모르시는건가요? 쉽게 말해서 빨리 그것을 고치지 않으면 당신은 처참하게 죽을거라구요."

"몰랐던 사실인데, 알려줘서 참으로 고맙군."

비꼬는 투가 역력하다.

'이자는 대체 뭘 믿고 저리 뻔대는 거지?'

혁준의 마땅치 않는 태도에도 불구하고 루카는 인내심을 보였다.

"집사."

"넵."

"그것을 가져와라."

"알겠습니다."

집사는 마차에서 작은 상자를 꺼내왔다. 그것은 금은으로 장식되어 있는데, 한눈에 봐도 귀중품을 담고 있음이 분명했다.

데빌은 모두가 볼 수 있게 상자를 열었다. 상자에서는 하얀 진주처럼 보이는 구슬 하나가 모셔져 있었다.

"이건 정화의 구슬이라고 해요. 그 어떤 저주와 역병이라도 치료해준다는 도구. 구하기가 어려워 부르는 것이

값이라는 말도 있지만… 돈이 있다고 구할 수 있는 물건도 아니죠."

그녀는 의기양양한 표정을 지었다.

'당신의 목숨은 나에게 달려있어. 그러니까 그런 태도는 그만 접어두는 것이 좋을 거야.'

정화의 구슬은 가치는 어마어마하다.

"그러니까 살고 싶으면 복종하라? 뭐 그런 뜻이겠군."

혁준은 고개를 끄떡이며 말했다. 여태까지 의뭉스러웠던 그녀의 의도를 알아차렸기 때문이다.

"나쁘게 생각하지 마세요. 목숨 값이라고 생각하면 당신에게도 큰 이득이니까요."

그녀가 보기에 혁준은 다듬어지지 않은 보석이었다. 분명 무대포적인 면이 있지만 그를 거두어들인다면 곧 있을 파워 게임에서 우위를 차지할 수 있다. 그리고 최종적으로는 그녀의 염원을 이루는데 큰 도움이 될 것이다.

"그뿐만이 아니죠. 저는 애머른의 의원이랍니다. 저의 뜻에 부합한다면 섭섭지 않은 대우를 해드리죠."

무조건적인 강압은 좋지 않다. 채찍과 당근을 동시에 잘 사용하는 것이 설득의 기본이다.

"흠……. 이럴 때 떠오르는 격언이 하나 있는데, 그걸 알려줄까?"

"……."

"떡 줄 사람은 생각도 안하는데, 김칫국부터 마신다고 하지. 지금 네가 하려는 일이 딱 그거야."

격언은 처음 듣지만 그 의미만은 똑똑히 전달되었다.

"정말이지 당신은 고집불통이군요."

루카는 어처구니 없는 표정으로 그를 직시했다. 유일하게 살 수 있는 방법을 자기 발로 차려는 것이 아닌가?

혁준은 그런 시선을 태연히 받아넘긴다. 역병의 고통에 얼굴빛이 점점 흙빛으로 변해가고 있음에도 말이다.

"……."

결국 루카가 먼저 깃발을 들었다.

"제 밑에 들어오든지 말든지 관둬요. 이대로 당신이 죽어가는 것은 도저히 못 보겠군요."

답답하지만 그렇다고 죽게 놔둘수는 없다. 루카는 상자에서 정화의 구슬을 꺼내었다. 그리고 그것을 혁준에게 내밀었다.

"마음이 바뀌기 전에 얼른 가져가세요."

죽어가는 그를 살리는 것이 우선순위다. 하지만 혁준은 그것을 받을 생각이 없었다.

"그런 정체를 알 수 없는 것은 받을 생각이 없다니까."

혁준은 정화의 구슬을 본적도 없다. 애당초 혁준은 루카의 말을 1mm도 신뢰하지 않았던 것이다.

"뭐… 뭐라구요?"

"고작 이따위 역병에 뒈질 것이라면 이미 예전에 죽었어."

혁준은 그녀를 뒤로하고 떠난다.

회귀 전, 그가 썰어버린 데빌의 숫자는 셀 수 없을 정도로 많다. 그런데 이제 와서 데빌의 호의를 받는다? 그것은 강혁준에게 있어서 도저히 받아들이기 어려운 일이다.

"살다 살다 이렇게 고집이 센 사람은 처음 보는군요. 할 수 없죠. 제가 직접 살.려.드.리.는.수.밖.에."

그녀의 오른손에서 마력의 응축이 감지되었다. 일시적으로 공간이 일그러지는 착시가 일어날 지경이다.

"하! 이제야 그 본색을 드러내는 건가?"

악마 주제에 착한 척하는 것이 꼴도 보기 싫었다. 차라리 처음부터 이렇게 행동했으면 얼마나 편리했을까?

"어디 한 군데 부러질 각오는 하세요!"

그녀의 손에 검은 기운이 뿜어져 나온다. 마력으로 이루어진 것은 그 자체만으로 물리력을 가진다. 슬라쉬 종족의 18번 마법, 다크 매터였다.

검은 색 마력뭉치는 뭉쳐져서 커다란 주먹의 형태를 이루는가 싶더니, 그녀의 의도에 따라 혁준을 향해 사정없이 내려 꽂힌다.

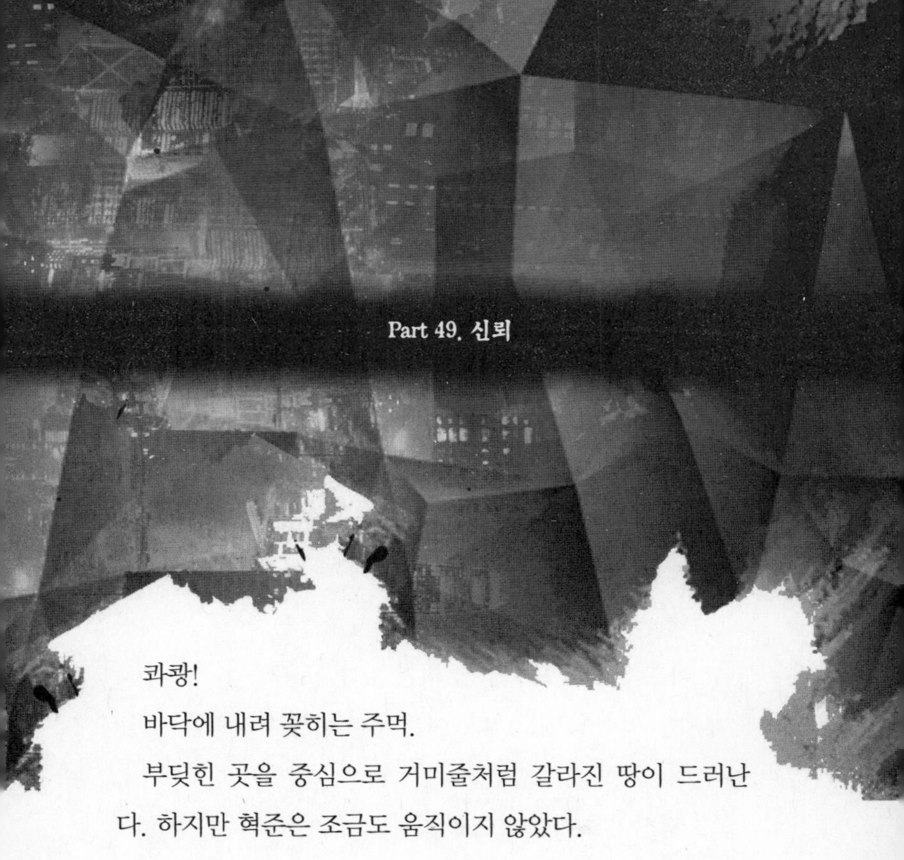

Part 49. 신뢰

콰쾅!

바닥에 내려 꽂히는 주먹.

부딪힌 곳을 중심으로 거미줄처럼 갈라진 땅이 드러난다. 하지만 혁준은 조금도 움직이지 않았다.

"……."

다크 메터로 이루어진 거대한 주먹은 금세라도 혁준을 가루로 만들 것처럼 보였다. 하지만 그것이 미묘한 궤적을 그리며 빗나간 것이다. 처음부터 무력시위였던 셈.

"지금이라도 항복하시죠?"

"싫은데."

분명 눈앞의 여자는 데빌이다. 사악한 종족이며 인간을

멸살하기 위해서 지상을 침공했다. 그러나 루카는 무언가 달랐다.

'전혀 살기가 느껴지지 않아.'

마치 아이들 장난하는 것 같다. 오랜 전투를 이어나가며, 혁준은 수많은 살의와 마주해왔다. 그 중 지금처럼 맥 빠지는 경우는 없었다. 설령 어설프다고 해도, 상대에게는 진지한 전투였다.

어쩌면 정말로 혁준을 도와주려는 것일지도 모른다.

"이 자리에서 당신의 팔 다리 정도는 아주 쉽게 분질러 버릴 수 있다구요."

"그럼 안 아프게 부탁하지."

안 아프게, 그것이 가능할 리가 없다.

루카는 입술을 깨물었다. 여기서 더 이상 무시당할 수 없었다.

"다 당신이 초래한 거예요."

다크 메터는 작은 까마귀 떼로 분열하더니 자유의지를 가진 것처럼 움직이기 시작했다.

파다다닥!

놈들은 여러방향으로 혁준에게 지쳐들었다. 메이저리그 정상급 투수가 던진 볼이 이러할까? 눈으로는 쫓기 힘든 속도다.

혁준은 그에 맞추어 벨로시카를 꺼내들었다. 그리고 달려드는 다크 메터에 발 맞추어 검을 휘두른다.

파바박!

혁준의 쌍수검이 쉴새없이 교차했다. 베고 찌르고 후려치는 동작의 리듬감이 절묘하다. 토글의 역병에 걸린 사람이라고는 믿기 힘들 정도다.

'대… 대단해. 그걸 다 쳐내다니.'

루카는 내심 혀를 내둘렀다. 그녀 역시 오랜 시간을 살아오며 노련하다는 전사들을 보아왔다. 하지만 저렇게 여유있게 자신의 다크 매터를 쳐내는 사람은 본적이 없다.

휘이익!

시커먼 것이 순식간에 루카의 얼굴을 향해 다가왔다. 놀란 그녀는 다크 메터로 자신을 감싼다.

파지직!

작은 돌맹이였다.

혁준이 칼질을 하는 와중에 바닥에 있던 돌맹이를 발로 찬 것이다. 만약 루카가 조금만 늦게 반응했다면 큰부상을 입었을 것이다.

일단 그녀는 자신의 다크 매터를 다시 불러들였다. 이것으로 혁준을 쓰러뜨릴 생각은 버려야 했다.

"왜? 이제 와서 두려워졌나?"

혁준은 이죽거리듯 말했다. 하지만 큰 소리 친 것과는 별개로 그의 몸 상태는 그리 좋지 않았다. 이 순간에도 역병은 그의 몸을 갉아먹고 있었다.

"그럴리가요."

슬라쉬 종족은 막강한 마력을 가졌지만 반대로 육체능력은 여타 데빌에 비해 떨어지는 편이다. 그래서 근접전은 아무래도 불리하다는 평가를 받는다.

때문에 슬라쉬는 단점을 숨기고 장점을 부각시키는 전투 방식을 고안했다. 그것이 바로 비행화 주문이었다.

"아실라티카!(비행 주문)"

숨 쉬는 것처럼 자연스럽게 주문을 완성시켰다. 동시에 그녀의 육체는 공중에 떠오른다.

'이거 어렵겠는걸.'

전투 스타일의 변화는 혁준에게도 부담으로 다가왔다. 허공을 자유자재로 날아다니는 슬라쉬를 잡기란 예삿일이 아니다.

혁준은 검을 들고 그녀에게 뛰어들었다. 단번에 제압하기 위해서다. 하지만 그녀는 이미 멀찍이 물러난 후였다.

콰드득!

동시에 다크 매터가 혁준을 막아선다.

다크 매터는 사실상 공격무기가 아니다. 오히려 적을 근접을 막아서는 일종의 방어 체계인 것이다.

'칫!'

혁준이 단번에 그것을 갈라낸다. 하지만 이미 루카는 하늘 높이 날라간 후였다.

"아실론타!(화염의 창)"

불로 만들어진 창이었다. 마치 전투 비행기의 미사일처럼 강혁준을 향해 치닫는다.

퍼퍼펑!

루카에게 다크 매터가 있다면, 혁준에게는 내펠티쉬의 역장이 있다. 역장은 완벽하게 루카의 마법을 막아내었다.

'여전히 무르군. 손속에 자비를 두고 있어.'

혁준은 위화감을 느꼈다. 그녀의 실력이라면 단번에 역장을 찢어발길 수 있었을 것이다. 하지만 창 끝은 무딘데다가 살의가 보이지 않았다.

추라라락!

촉수로 그녀를 향해 쏘아 올린다. 방어형 마법인 다크 매터가 그것을 가로막는다.

콰직!

가볍게 막혀든다. 하지만 혁준은 공격용도로 쏜 것이 아니었다. 촉수의 끝이 다크 매터를 강하게 물어뜯는다.

타악!

혁준은 있는 힘껏 도움닫기를 했다. 허공에 떠있는 그녀를 공격하기 위해서다.

쌔애액!

혁준은 마치 총탄처럼 그녀에게 날아든다. 촉수가 수축하면서 그의 비행을 도와주었다. 그 모습이 워낙 패도적이라 루카도 놀라고 말았다.

'막아야 해.'

어느새 지척까지 다가온 그를 떨쳐내기 위해 루카가 다크 매터를 운용했다. 거대한 해머가 된 다크 매터가 그를 내려친 것이다.

부우웅-!

타이밍 맞게 해머가 움직였지만 그것은 너무 간단하게 빗나가고 말았다.

"아…."

역장은 그 자체만으로 물리력을 가진다. 혁준은 망치와 부딪히기 직전에 역장으로 브레이크를 걸어버린 것이다.

'말도 안 돼.'

마치 상대의 마음속을 모두 살피는 것 같았다. 수를 미리 읽는 혁준의 전투 스타일은 루카에게 악몽처럼 다가왔다.

'거리를 벌이는 수 밖엔….'

결론을 내린 그녀는 하늘 높이 날아올랐다.

타닥! 타닥!

역장을 디딤돌 삼아서 혁준이 그녀를 따라잡는다. 그것은 너무 집요해서 루카에게 압박으로 다가왔다.

'이 이상은 위험해.'

루카는 망설였다. 강혁준은 쉽게 이길 상대가 아니었다. 그녀의 모든 것을 끌어내야 상대가 가능한 것이다.

"배스타이드!(뒤틀린 일격)"

그녀가 가진 주문 중에서도 난이도가 제일 높다. 그에 더해 필요한 마력도 어마어마한 주문이다. 순수한 어둠이 그녀의 손에 모여든다. 그것은 살아있는 것을 집어삼키고 분해시켜버린다.

'이걸 써야하나? 말아야하나?'

아주 위급한 순간임에도 그녀는 망설였다. 주문을 쓴다면 혁준의 목숨은 보장할 수 없다. 쉽게 말해 이것을 쓰는 순간 더 이상의 강혁준과 루카의 관계는 돌이킬 수 없다.

'아버지! 저는 어떻게 해야 하나요?'

그녀의 손에 어른거리던 파괴적인 기운이 흩어지기 시작했다. 마지막 순간 그녀는 힘을 거두어버린 것이다.

타닥!

혁준은 어느새 지척까지 다가왔다. 뒤늦게 다크 매터를 운용해보았지만 이미 늦었다.

파가각!

다크 매터는 혁준의 공격에 박살이 나버린다. 동시에 파편을 헤치며 달려드는 강혁준!

그의 손에는 날카로운 검이 들려 있었다. 이대로라면 그것에 꿰뚫리는 것만 남았다. 결국 그녀는 눈을 질끈 감았다.

"……."

파국을 기다렸지만, 아무것도 느껴지지 않는다. 결국 그녀는 슬며시 눈을 떴다.

꿀꺽!

검은 그녀의 미간에 멈추어져 있었다. 만약 혁준에게 마음만 있었다면 그녀는 이세상 사람이 아니었을 것이다.

"왜 주문을 취소했지?"

혁준의 목소리는 의문으로 가득 차 있었다. 루카는 분명 필살기나 다름없는 기술을 준비했다. 그것은 혁준에게도 만만치 않은 것이다.

적중하면 천하의 강혁준이라도 단번에 목숨을 잃어버릴 그런 막강한 주문이었다.

"그 이유를 알고 싶나요?"

그녀는 미소를 지었다. 마지막 순간, 그녀는 위험한 도박을 했다. 그 댓가로 목숨까지 날아갈 수 있는 그런 도박을 말이다.

"그래."

혁준은 단호한 표정을 지으며 말했다.

"믿음을 주기 위해서였어요."

아이러니 그 자체다. 동시에 지극히 기만적인 행위다.

"개소리. 너는 죽을 수 있었다. 내가 아는 그 어떤 데빌도 그런 바보짓은 하지 않아."

그가 아는 데빌은 이렇지 않다. 그들은 폭력적이고 교활했다. 태어날 때부터 순수한 악의로 똘똘 뭉친 이가 있다면 바로 데빌이다.

"그 이유를 알고 싶나요?"

루카가 물었다. 그리고 혁준은 고개를 끄덕였다.

"그럼 이것을 쓰세요."

그녀의 손에는 어느새 정화의 구슬이 들려있었다. 혁준은 입을 열어 집어치우라고 말하려 했다. 하지만 루카의 말이 조금 더 빨랐다.

"당신의 신뢰를 얻기 위해 저는 목숨을 걸었어요. 그러니 이제 당신 차례라구요. 저를 위해서 이것을 사용해주세요."

"……."

혁준은 이내 입을 다물었다. 그리고 냉정한 눈빛으로 그녀의 눈을 직시했다.

루카의 눈은 어둡고 깊숙했다. 끝이 보이지 않는 절벽 아래를 바라보는 느낌이었다.

'신뢰라고?'

혁준은 그 단어를 믿지 않았다. 누가 누구를 믿는단 말인가?

같은 종족인 인간조차 서로 배신을 밥 먹듯이 한다. 강혁준 역시 그것 때문에 큰 실패를 겪지 않았던가?

"……."

고민은 점점 길어지고 있었다.

어떻게 해야 하나?

이대로 그녀를 무시해버릴수도 있다. 그것이 아니라면 단번에 그녀를 죽여버려도 된다. 고위 소서러인만큼 질 좋은 정수가 떨어질 것이다.

"……."

악독한 마음을 품어도 보았다. 하지만 그녀의 눈빛은 한 치의 흔들림도 없었다.

"좋아. 한번 믿어보지."

혁준은 구슬을 받아들였다. 아무리 생각해도 그녀가 더러운 술수를 부리는 것 같지 않다. 그리고 그녀가 내밀고 있는 구슬에서도 사악한 기운은 찾아볼 수가 없었다. 오히려 바라보는 것만으로도 역병의 고통이 잦아들고 있었다.

"정수를 흡수하듯이 해보세요."

그녀의 말대로 해보았다. 그러자 단단한 구슬은 이내 자잘한 입자가 되어 혁준에게 흡수되고 말았다.

"음……."

예전에는 전혀 느껴보지 못한 상쾌함이었다. 천천히 체력을 갉아먹던 그것이 순식간에 치유가 되어버린 것이다.

"이건 참으로 대단하군."

토글의 역병은 굉장히 지독하다. 혁준도 일단 조용한 장소를 찾아 병부터 다스리려고 했다. 그런데 그녀가 건넨 구슬은 너무나 가볍게 병을 치료해버린 것이다.

"당연하죠. 거기에 들인 돈이 얼마인지는 당신은 상상도 못할 걸요?"

루카는 뾰루퉁한 표정으로 말을 이었다.

"그거 미안하군."

"상관 없어요. 이미 지나간 일이니까요."

"다만 궁금하군. 네가 했던 행동들 그리고 나에게 배풀었던 선의가 말이야. 그것에 대해서 설명을 해주었으면 하는데?"

"그건 어렵지 않아요. 하지만 이런 곳에서 나눌 이야기는 아니네요. 애머른에서 다시 한 번 만남을 가지도록 하죠."

"그렇게 하지."

"미리 가서 손님 맞을 준비를 해야겠네요. 강혁준씨."

그녀는 그렇게 말하고는 천천히 지상으로 내려갔다. 지상에는 초조한 표정을 하고 있던 집사와 보디가드들이 서 있었다.

"마님. 괜찮으십니까?"

"괜찮다."

그녀는 가볍게 마차에 오른다. 그리고는 고용인들에게 말했다.

"돌아가자."

다그닥… 다그닥…….

혁준을 뒤로하고 마차는 다시 애머른으로 다가간다.

'선의를 가진 데빌이라…….'

어쩌면 내일은 서쪽에 해가 뜰지도 모른다.

⚜

3일 후.

혁준과 뭉크는 다시 애머른에 도착했다. 그리고 일주일 간 여관에서 쉬었다. 구슬을 통해 역병을 치료했지만, 이미 상한 원기까지 되돌리지는 못 한 것인지, 내리 이틀은 잠만 자야 했다.

"뭉크. 배고프닥. 뭉크 배고프닥."

다만 문제가 있다면 옆에서 자명종처럼 시끄럽게 떠드는 한 마리 데몬이었다. 혁준은 한 숨을 쉬었다.

"아까 전에 그렇게 처먹더니만."

"뭉크에게 그것은 에피타이저닥. 뭉크는 메인 요리를 원한닥."

Part 50 그녀의 과거

뭉크는 음식을 빨아들이는 진공 청소기나 다름없었다. 혁준은 대범한 구석이 있어서 뭉크가 원 없이 식사를 할 수 있도록 배려했다.

"뭉크 배 고프닥!"

하지만 그것은 뭉크를 우습게 보는 처사였다. 몰리튜드의 정수를 팔아 남긴 돈을 순식간에 음식 값으로 날려버린 것이다.

"일 있으니까 그만 보채."

누워있던 그는 마지못해 일어났다.

휴식을 취하며 축났던 몸도 정상으로 돌아왔겠다. 슬슬 미뤄두었던 일을 해결해야 한다.

그가 곧바로 향한 곳은 바자란의 상점이었다. 그는 그곳에서 의뢰를 받았고 이제 15만 크론이라는 거금만 받으면 모든 일이 끝날 터였다.

딸랑딸랑.

그 전이나 지금이나 크게 달라진 점은 없었다. 다만 계산대에 바지란 대신 다른 데빌이 있다는 정도?

"어서 오세요."

그곳은 별로 바쁜 곳도 아니건만 부산을 떤다. 하는 행동을 보니 일을 시작한지 얼마 안 되는 모양이다.

"바자란을 만나고 싶은데?"

이곳에 온 용건을 간단하게 밝혔다. 직원으로 보이는 데빌은 머리를 긁적이며 대답했다.

"주인님은 안 계시는데요."

"그럼 어디로 가면 만날 수 있는데?"

"그건 저도 잘 몰라요."

교육을 받았는지 아니면 진짜로 모르는지 중요하지 않다. 단 한 가지 확실한 것은 바지란이 돈을 안 내기 위해 수작을 부리고 있다는 점이다.

"여기 책임자가 누구지?"

데빌은 손으로 한 곳을 가리킨다. 거기에는 커다란 덩치의 데빌이 서 있었다. 인간의 형태지만 개의 머리를 가진 몰리튜드였다.

신의 가호를 받지 않더라도 몰리튜드는 기본적으로 뛰어난 전사다. 뛰어난 근력과 체력을 가지고 있었기에 무력을 쓰는 일에 많이 종사한다.

"무슨 볼일이지?"

혁준이 다가서자 몰리튜드가 묻는다. 그는 혁준에 대해 짐짓 모르는척 연기를 하고 있었다. 물론 그 정도는 혁준 역시 파악하고 있었다.

가게에 들어서고 난 후부터 쭈욱 그의 시선은 자신만을 훑은 것이다. 혁준은 일단 가볍게 말했다.

"뻔히 보이는 연기는 그만두고. 바지란은 어디에 있지?"

혁준은 다짜고짜 캐물었다. 그러자 몰리튜드는 어깨를 으슥거리며 모른척했다.

"글쎄 나는 잘 모르겠는 걸?"

이놈이고 저놈이고 모두 발뺌을 하고 있었다. 혁준은 그에게 가까이 다가갔다. 가볍게 어루만져주면 이실직고 하리라.

"워워…… 잠시만. 너랑 싸우고 싶은 마음은 없어."

몰리튜드는 두 손을 들고 말했다. 사실 그는 사건의 전말을 다 알고 있었다. 강혁준이 나홀로 토글의 신도를 깔끔히 청소한 것까지.

몰리튜드는 자신의 분수를 확실히 알고 있었다. 죽었다 깨어나도 그를 대적할 수 없다는 사실을. 하지만 그는 꽤나 영악한 자였다.

"여기서 함부로 난동을 부렸다가는 경비병이 출동할걸."

"그래서? 돈을 떼어먹은 놈은 너희들인데?"

"과연 그게 중요할까? 바자란은 매달 경비대장에서 많은 금화를 바치고 있어. 누구 말을 들은 건지는 뻔하다고 생각하는데?"

이른바 짜고 치는 고스톱인 것이다. 처음부터 바자란은 돈을 내어줄 생각이 없었다.

"네 놈이 아무리 강해봤자, 도시 전체를 상대 할건 아니잖아? 그냥 포기해. 애머른은 사기 당한 놈이 멍청한 곳이야."

몰리튜드는 계속 부아가 치미는 소리를 지껄였다.

"그래. 네 말이 맞는 것 같군."

혁준은 두 손을 들면서 말했다. 도시 전체를 상대하는 것도 바보 같은 일이고 조무래기를 족쳐봤자 득 될 것도 없다. 하지만 지금의 강혁준에게는 약간의 화풀이 대상이 필요했다.

"앗! 저건?"

혁준은 손가락을 창문 밖으로 가리킨다. 직업 때문일까? 몰리튜드는 그의 손을 따라 시선을 옆으로 돌린다.

"뭐 뭐야?"

허나 이상한 점은 발견할 수 없었다. 의아하다고 생각할 때, 무시무시한 격통이 그의 가슴에 박혀들었다.

"커어억."

혁준의 스트레이트가 그의 명치를 때려버린 것이다. 이어지는 콤보로 무릎을 들어 그의 관자놀이를 찍어버린다.

털썩.

바자란의 부하 중에서 제일 몸값이 비싼 자였다. 기습을 당했다하더라도 단 두 방에 쓰러질 것이라고 아무도 생각 못했다.

"뭘 봐?"

혁준은 사방을 둘러보면서 소리쳤다. 나머지 인원은 급하게 시선을 다른 곳으로 돌린다. 상점 안은 금세 쥐 죽은 듯이 조용해졌다.

지금 이 순간 범죄를 일으킨 것은 강혁준이 맞다. 하지만 아무도 그를 제지할 생각은 없었다. 법은 멀고 주먹은 가까운 법이니까.

'나가자.'

혁준은 아무런 미련없이 상점 밖을 나가버렸다.

'이제 어쩐다?'

이곳의 공권력은 아무 짝에도 쓸모가 없다. 오히려 방금의 폭력 사건으로 쫓기지나 않으면 다행이다.

'한 가지 방법은 있군.'

머리에 떠오르는 사람이 한 명 있었다. 그녀라면 혁준에게 분명 도움이 되어줄 것이다.

"뭉크."

"뭉크 듣고 있닥."

"오늘 점심은 배 부르게 먹을 수 있겠는 걸."

"뭉크 듣던 중 반가운 소리라고 생각한닥."

혁준은 도시 중심부로 이동했다. 거대한 첨탑이 지어진 그곳으로.

⚜

텅텅텅!

커다란 문고리를 이용했다. 얼마 있지 않아서 문이 열리고 집사 데빌이 나타났다.

"혁준님이셨군요."

집사 데빌은 마중 나왔다는 투였다. 작달막한 키에 나비 리본이 어울리는 문어 형태의 데빌이다. 반짝반짝 빛나는 대머리는 그의 인상을 어딘가 그를 중후해 보이게 만들었다.

"어서 들어오시죠. 마님께서 오래 기다리셨습니다."

혁준은 고개를 끄떡이고 안으로 들어갔다. 집사의 안내를 따라 가니 거대한 응접실 같은 곳이 나왔다.

"흐음……."

혁준은 집 안을 구경했다. 애머든의 권력자답게 실내에는 값비싸 보이는 물건이 가득하다. 물론 혁준은 예술에 대해서는 거의 까막눈이었지만, 고풍스러운 분위기가 느껴졌다.

"원하시는 것이 있으면 내오겠습니다."

어차피 혁준은 어비스의 음식이 전혀 맞지 않았다. 그는 뭉크를 가리키며 말했다.

"나는 괜찮아. 대신 요 녀석을 배부르게 먹여주었으면 하는데."

"과연 도전할만한 일이군요. 특별히 모시겠습니다."

뭉크는 콧노래를 부르면서 집사를 따라간다.

그냥 돌아가 버릴까 싶은 충동이 들기 시작했을 때, 맞은편에 있던 문이 열리고 이곳의 주인이 등장했다.

애머른의 12인의 의원 중 하나, 슬라쉬에서도 수위를 다툴 정도로 강력한 마력의 소유자, 그리고 의심스런 선행을 베푸는 여자, 루카 메슬헨이었다.

"많이 기다리셨죠?"

한 1시간 정도 기다린 것 같다. 하지만 혁준도 일주일이 지나서 오지 않았던가?

"그다지……."

말은 그렇게 했지만.

'어지간히 준비도 많이 했네.'

화장이나 헤어, 복장을 보면 신경을 많이 쓴 모양이다. 적갈색의 머리는 업스타일로 틀어 올렸다. 그러다보니 새하얀 목덜미가 탐스럽게 그대로 드러났다.

'나름 미인계인가?'

오프 숄더(어깨를 드러낸) 드레스에 가슴 골이 보이는 옷이다. 푹 파인 그곳 때문일까?

그녀의 모습은 요염하기 그지없다.

'그녀 역시 데빌이지. 요망스러운 점이 딱히 이상하지도 않겠지?'

혁준은 일어서서 그녀에게 다가갔다. 종족 특성인가? 그녀의 피부는 약간 붉은 기운을 띠고 있었다. 하지만 여태까지 만난 그 어느 여인보다 더 매끈하고 환한 피부를 가지고 있었기에 붉은 기운은 흠이라기 보다 독특한 매력으로 보일 뿐이다.

"건강해보여서 다행이네요."

그레이트 시크닝 원과의 전투 후 혁준은 역병에 걸렸었다. 원래라면 병을 고치기 위해 몇 달간 꼼짝없이 요양을 했어야 했을 터. 하지만 그녀의 도움으로 큰 문제없이 병을 치료할 수 있었다.

"덕분에 깨끗하게 나았어."

혁준은 자신의 말이 약간 부족하다고 생각했다. 아무리 상대가 데빌이라도 은혜를 받았다는 사실은 틀림없다.

"음… 그 때는 미안하게 되었군."

혁준은 머리를 긁적였다. 인생사를 모두 뒤져도 그가 먼저 사과한 경우는 없었다.

"쩝. 뭐가 되었든 좋으니까. 부탁 한 가지는 들어주지. 물론 너무 무리한 부탁은 힘들겠지만."

"기억하고 있을게요."

그녀는 싱긋 웃으며 말했다.

"자 앉으시죠."

그녀가 먼저 자리를 청했다. 혁준은 고개를 끄덕인다.

"저에 대해 궁금한 점이 많으시겠죠?"

"아…… 물론이지."

이때까지 겪었던 데빌과 달라도 너무 다르다. 그가 알던 데빌은 교활하면서 폭력적이거나 혹은 폭력적이면서 교활했다.

'그게 그 말이긴 하지만 미묘한 차이가 있다고.'

"나는 인간이야."

"네. 잘 알고 있어요."

"그 말인즉 난 데빌이 아니라고."

"저도 눈이 있답니다."

"그런데 왜 나에게 잘 해주는 것이지?"

데빌은 인류를 증오한다. 누구보다 강혁준은 그 점을 잘 알고 있었다. 물론 루카가 신을 믿지 않는 데빌이기는 하다. 하지만 그 이유만으로 설명이 되지 않는 부분이 있다.

'목숨을 건 결투에서 그런 멜랑한 태도라니.'

혹시라도 혁준이 다칠까봐 안절부절하던 모습이 기억난다.

'그 주문은 분명 위험했다.'

마지막에 외운 그 주문의 이름은 베스타이드(뒤틀린 일격).

만약의 경우, 적중 당했다면 종이짝 같은 마법 저항을 찢어버리고 육신이 해체되었을 것이다. 하지만 그녀는 도중에 캐스팅을 멈추었다. 자신의 목숨이 위험한 와중에도 말이다.

결국 그 때문에 혁준도 그녀를 베지 못했던 것이다.

"어쩌면 긴 이야기가 될지도 몰라요. 그래도 들으시겠어요?"

그녀는 가슴에 손을 얹으며 말했다.

"물론이다."

혁준은 단번에 고개를 끄덕였다. 그녀는 잠시 회상에 잠긴 듯했다. 이윽고 그녀가 입을 열었다.

"저는……."

⚜

그녀가 처음부터 불신자인 것은 아니었다. 오히려 루카의 가문은 슬라쉬 종족 내에서도 열 손가락 안에 들만큼 이름 높은, 말하자면 신실한 가문이었다.

그 가문의 이름은 멘조베라드.

물론 그 때는 루카는 메슬헨이 아니라 루카 멘조베라드라고 불리었다.

멘조베라드 가문은 식솔만 해도 500명이 넘었고, 악신 타라쓰의 은총을 받았다. 그렇게 큰 가문이 될 수 있었던 이유는 바로 대모 나캄의 영향이 컸다.

"그 전에 슬라쉬 사회에 대해서 설명을 드려야 겠군요."

루카는 본 이야기에 앞서서 부연설명을 곁들어주었다.

타라쓰는 여신이었다. 그것에 영향을 받은 슬라쉬는 기본적으로 여존남비 사회를 형성하고 있었다.

가문의 주인이 되는 존재는 오로지 여자만이 가능했는데, 그에 비해 남자는 씨를 뿌리는 종마나 다름없다. 그저 자식을 낳을 때나 필요한 존재로 거의 사람 대우를 받지 못하는 것이다.

"제 아버지의 이름은 에오갈 메르헨이죠. 눈치 채셨겠지만, 저는 아버지의 성씨를 그대로 쓰고 있어요."

모계 사회인 슬라쉬의 전통을 생각하면 그녀의 패밀리네임은 극히 부적절한 것이었다.

"아버지는 뛰어난 모험가셨어요. 그는 거의 200년을 미지의 지역을 여행하셨죠."

에오갈은 슬라쉬답지 않게 한 자루의 검을 자유자재로 사용했는데, 몰리튜드 족장을 오직 검으로 물리친 사례가 있을 정도로 검술의 달인이었다고 한다.

"그 정도라면 꽤나 경지가 높았겠군."

쉥켄을 상대해본 혁준은 대략이나마 그의 실력을 짐작했다. 검과 마법을 모두 사용할 수 있다니 꽤나 버거운 상대인 셈이다.

"맞아요. 아버지가 다시 슬라쉬의 도시로 돌아왔을 때, 여러 가문에서 추파가 들어왔다고 했어요."

혈통 좋은 종마는 인기가 많기 마련이다. 뛰어난 육체 능력과 마법 능력을 모두 가진 그의 값어치는 매우 뛰어난 것이다.

〈3권에서 계속〉